雪の王　光の剣

中村ふみ

講談社X文庫

目次

雪の王　光の剣

ゆきのおう ひかりのけん

イラスト／六七質

那兪（なゆ）

天令。天の意思を地上にもたらす御使（みつか）い。飛牙に肩入れしたため天に戻れない。

飛牙（ひが）

徐（じょ）の元王様。当時の名前は寿白（じゅはく）。長い放浪生活ですっかりやさぐれてしまった。

裏雲（りうん）
飛牙の乳兄弟。禁を犯して黒翼（こくよく）仙（せん）になった。
思思（しし）
城に囚（とら）われた駕（が）国担当の天令。那兪とは旧知。
麗君（れいくん）
駕国王・蒼波（そうは）の后（きさき）。王と共に柳簡の傀儡（かいらい）と化す。
汀柳簡（ていりゅうかん）
権力を掌握する駕の宰相。その身に秘密を宿す。

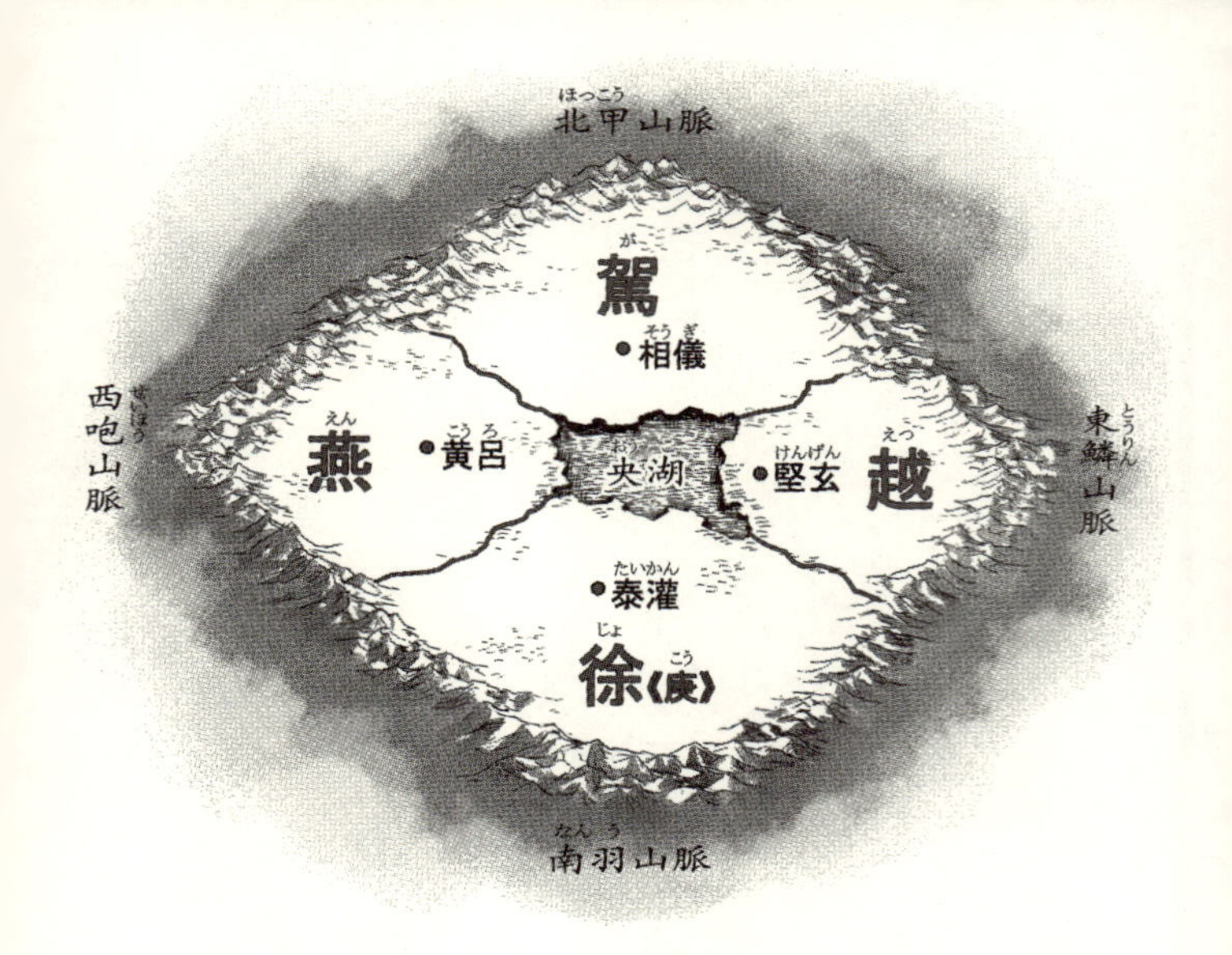

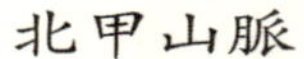

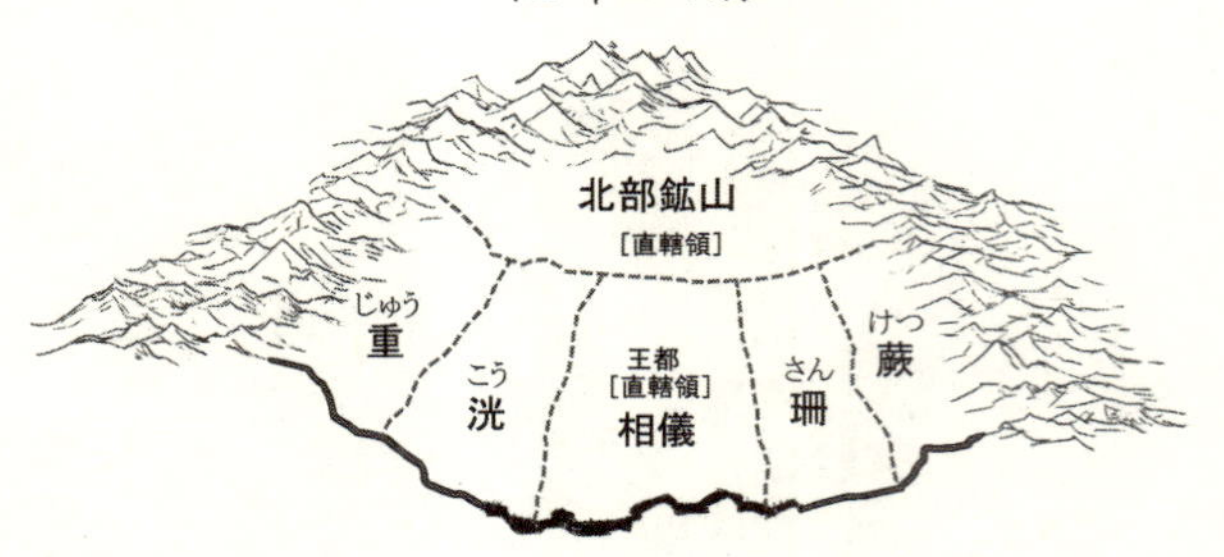

地図作成・
イラストレーション／六七質

雪の王　光の剣

序章

冬が来る。

緑の葉が枯れていくのを見つめ、蒼波は呆然と立ちつくしていた。何もする必要はないのだ。立っているだけで、宦官たちが着物を着せてくれる。金糸銀糸をふんだんに使った豪華な装束は即位の儀式のためだけに作られた。庶民が一生働いてもこの着物を買うことはできないだろう。

たった一度の即位のために。これがあまたの来賓を招いて行う盛大な儀式であるならばまだわかる。国の威信を内外に見せつけることは、ある程度必要だろう。だが、蒼波の即位の儀に参列するのは妻の麗君と宰相の汀柳簡だけだ。今、この国にはこの三人しか王族はいない。

他に身内がいなくとも臣下の者が参列してもよいようなものだが、この国ではそれもできないわけがあった。

「殿下、そろそろ」

奥から后の麗君が現れ、声をかける。こちらも着替えは終わっていた。

「……そうだな」

麗君とは祖父同士が兄弟であった。去年、十五で夫婦となった。そして先月、父王が崩御した。

駕国の王族は呪われている。四十で死んだ父はもったほうだ。短命なうえに子供が少ない。そうした状態がずっと続いているのだという。

「もういい、ありがとう」

蒼波は身支度を終え、宦官たちに礼を言った。彼らも主人に似て、まるで人形のように表情がない。何を言うでもなく、ただ頭を下げるだけだった。

「宰相閣下に先に天窓堂でお待ちしていると伝えてくれ」

宦官にそう指示し、蒼波は妻と部屋を出た。

長い渡り廊下は白いが、少しも明るく見えない。日当たりが悪いのではない。この国にはあまり日が差さないのだ。いつもどんよりと曇り、昼でも薄暗い。

重厚な城の造りは寒さを遮るにはよいが、どこまでも重い。言い方を変えれば、荘厳と言えるかもしれない。

防寒という一点で、この国の文化は少しばかり天下四国から離れてしまった。今、蒼波が身につけている着物も他の三国とはかなり違うらしい。

「いよいよでございますね。これからは陛下とお呼びしなければ」

　麗君は微笑みかけてくる。実権を持たない王になどなったところで、たいして目出度いこともないが、一応こう言う。

「王か……なら麗君も王后だな」

「後宮を作り、私以外の妻妾も用意されるでしょう。わたくしは気にしませんから、お気遣いなく」

　王の最大の仕事は子作り。それはどこの国も同じだろう。だが、駕国はもっとも切迫している。なんといっても王族自体が絶滅寸前なのだから。

　麗君も子を産むことを自分一人に任せられるなど負担でしかないのだ。

（私に子ができなければ、王国としての歴史が閉じられることになるのかもしれない）

　それでも子を作ることに抵抗があった。

　何故なら蒼波は生まれてこの方、幸せを感じたことなどなかった。両親は愛してくれたと思うが、それ以上に子の行く末が不安だっただろう。そもそも彼らもまた抑圧されてきたのだ。

　死が救いに思えるほどの恐怖に。

　そうやって王族は生きる希望を失っていった。子を作る気にもならなくなるのは当然だろう。

緩やかに滅ぶ。駕の王族は無意識にそういう選択をしたのだ。その気持ちは蒼波も同じだった。とはいえ国の行く末を思うと、最後の王になることが正しいのかどうか、判断できない。

いや、王族からは離れていても始祖王の血を引く者は内外に少なからずいる。おそらく宰相はそこから養子をとることも念頭にあるはずだ。直系は大事だが、もっとも必要な王の条件は始祖王の血。

(あまり自分を追い詰めるな)

蒼波は自らに言い聞かせた。

「少しくらい気にしてほしいのだけどね」

そう言うと、麗君は応えるようにぎゅっと夫の手を握った。

「……妬かぬおなごがいましょうか。でも、後宮には美しい娘が次々と入るのです。心構えだけは」

この娘が愛おしいと思った。

「心許せるのは麗君だけだ」

「わたくしも」

この暗い氷の牢獄で信じ合えるのは互いだけだった。幼いときから支え合い、慰め合って生きてきたのだ。

冬の手前に咲く花が庭にわずかばかりの色を添えていた。その庭を通り抜け、二人寄り添い、天窓堂の前まで来た。

本来ならここには玄武玉があるはずだった。蒼波は見たことがないが、すべての光を吸い込むような黒い玉だという。天から授けられた玉は国を護るものだ。他の国では代々の王が受け継ぎ、大切にされているのだろう。

駕の人口は他国の半分ほどしかないらしい。この国力のなさを他国に知られれば、天下四国の均衡が崩れる。宰相はそう言う。だから閉ざしたのだと。

そうではない。鎖国したのはむしろ国民に逃げられないためだ。これ以上人が減れば、国を維持できなくなる。それこそがもっとも恐れていることだろう。

天窓堂の扉を開けると、驚いたことにすでに老宰相が中にいた。さらに、いたのは柳箇だけではない。銀色の髪の少女がいたのだ。

「ずいぶん、ゆっくりと歩いて来られたようですな」

宰相は皺を深くして笑った。

「柳箇殿……その少女はまさか」

「はい。即位の儀に天令にいらしていただくのは当然のこと」

蒼波は俄に混乱した。天令が銀の髪をした美しい少女の姿をしているというのは先祖が書いた書物などで知ってはいたが、もっと淡く光となって現れるものだと思っていた。これではそのまま生きた人間だ。

「天令は天から光となって降りてくると聞いていたが」

「このようにしっかりと人の姿になることもできるのです。殿下の即位に対し、きちんとした形で臨みたいとおっしゃっています」

天令など初めて見るのだ。そう言われてしまえば、納得するしかない。少女が不機嫌なようにも見えるのは気のせいなのだろう。着飾っているが、首飾りだけは無骨で、装飾品には見えなかった。

（しかし……美しい）

生身の人間の形はしていても、そこは人ではないと言われても納得できるものがあった。

「そなたが次の王か？」

ぞんざいな口調で少女に問われ、蒼波はたじろいだ。

「は……はい」

「この国が即位において天令を呼ぶ意味があるとは思えぬが、仕事だから来てやった。玉を受け取れと言いたいところだが、これも叶わぬか」

この国には目に見える形で玉がない。王族以外を即位の儀に招けないのはそのためだった。玉を授ける必要がないのに呼ばれても天令とて不本意なのだろう。

「なんという国か」

その言葉は蒼波の胸をえぐった。これほど守護者である天令に疎まれている国があるだろうか。

「精進せよ」

少女はおざなりに決まり文句を言った。

（やはり、この国のあり方は罪なのだ。天は快く思っていない）

そのことを思い知らされ、身がすくむようだった。

その現実を実感すると、天に対してなんともいえない畏敬の念が込み上げてきた。

「教えてください。天は我らをどう思っているのですか」

天令は何か言いかけたが、それを宰相が遮った。

「これにて即位の儀は果たされました。国王陛下、並びに王后陛下となられましたこと、この宰相汀柳簡も心からお祝い申し上げます。美しき両陛下をお迎えし、駕国ますますの繁栄となりますことでしょう。今宵は臣下と太府を招いた祝いの宴を催しますゆえ、まずはお休みください」

立て板に水で宰相にこの場を収められると、天令は端麗な顔を背けた。

（……この国は〈彼〉個人のもの）

名目だけの青二才の王がどうにかできるものではない。

「感謝します。では、戻ろう、后よ」

麗君は肯く。

若き王とその妻は並んで、天窓堂を去っていく。その胸には喜びも希望もなかった。即位の儀とはこんなものなのであろうか。これほど惨めな王がいるだろうか。

秩序と義の越国、天官の女王が守る燕国、肥沃な土地を持つ徐国。それに比べ、駕国はなんと哀しい国であろうか。誰一人この国に明るい未来など描けていない。

庭を歩きながら、二人は何も話さなかった。無力を思い知らされ、打ちのめされるしかない。

「……陛下」

ようやく王后が口を開いた。

「どうした」

「わたくし、侍女から聞いたことがあるのです。宰相閣下が銀色の髪の少女を閉じ込めていると。もしやそれはさきほどの天令様なのではないでしょうか」

蒼波は瞠目して立ち止まった。

「まさかそのような」

「わたくしもその話を聞いたときは、宰相閣下は異境の若いおなごを囲っているのだろうと思ったものです。ですが、先日古くからいる侍女がこう申したのです。閣下が隠している少女はずっと少女のままだと。天令は何百年たとうとそのままの姿なのですよね。つまりそういうことなのではないでしょうか」

麗君は震えていた。どれほど恐ろしいことを話しているか、わかっているのだ。

「信じられぬ……天令を自由にできるものなのか」

そう言いながらも蒼波には思い当たることがあった。あの鉄でできた首飾りだ。宝石の一つもついていないというのに、見たこともない文字が刻まれていた。

「失礼いたしました。きっとわたくしの思い違いなのでございましょう。いくらなんでもそのようなことがあるわけがございません。どうか忘れてくださいませ」

蒼波は黙って肯いた。この場で語るには重すぎる内容だった。ただ、忘れたくても忘れられないだろう。事実ならこれほど天に仇なすことはない。

(調べてみなければ)

そう思った。これだけはしなければならない。

天下三百二年、十月初頭のことであった。

第一章　囚われの光

1

越国での屍蛾大襲来から二ヵ月半が過ぎ、天下四国は冬の季節に入っていた。中でも、北の駕国。ここには本物の冬がある。

裏雲は灰色の雲を見上げた。

不思議なもので、駕国に入っただけでも空気が重く感じられたが、今、足を踏み入れたばかりの王都相儀はまた格別に暗澹としている。

遠くに見える王宮は立派なものだった。燕の王宮に似た円形の屋根を持つ。駕は西異境北部から影響を受けているのだ。

大山脈は険しく、往来できるのは短い夏の間だけだろう。初期の王が建築家を招いて建てさせたと聞く。街行く人々の装束も異境の影響を強く受けていた。他の天下四国とは違う趣のある国だ。

北部には資源も多いという。その資源を越と燕に輸出もしていたのだが、鎖国の影響で近年はそれも途絶えがちらしい。

ただ荘厳にして陰鬱な街並みは嫌いではない。これはこれで美しいと思った。

越との国境を越え、律儀に歩いてここまで来たが、駕の民の表情は暗い。寒さを凌ぐためもあるが、酒に溺れる者も多い。日の入り前だというのに、路地で酔いつぶれている者もいた。

寒さが苦手らしく宇春はずっと裏雲の懐に入ったままだった。暗魅には意外に苦手なものが多い。

「すまないな」

着物の上から撫でてやった。眠っているのか、応えはない。

とりあえず、宿を取り長旅の疲れを癒やすことにする。越の王宮で暗魅相手に大立ち回りをしてまもなくの旅立ちだった。それもこれも駕国の偉い人から招かれたからだ。明日の深夜には王宮に潜り込んでみようと思った。

殿下の怪我は癒えただろうか。

ふと東南の空に目をやる。越で大人しくしていればよいが。そんなことを思いながら宿を取った。

「休むといい」

子猫が肯（うなず）いたように見えた。そっと寝具の中に入れてやると、裏雲は食事のために再び外に出た。

この国はあっという間に夜になる。夜も長い。雪が舞ってきた。ひどく積もることはないが、一気に冷え込む。これから本格的な冬になるのだ。

宿の近くの食堂に入る。客の入りは半分ほどか、酒場も兼ねているにしては陰気くさかった。

壁に飾られた華やかな肖像画だけが妙に浮いている。若いというより幼いくらいの男女はこの国の王と王后（おうごう）だ。十年ちょっと前に即位したときに描かれたもので、現在は二十五、六にはなっているらしい。美しい夫妻だが、物憂げで幸せそうには見えない。

「いらっしゃい、あらこんな綺麗（きれい）なおにいさんは初めてだわ」

給仕の女が注文を取りにきた。

「今日都に来たばかりです。冷えますね」

「また長い冬よ、嫌になるわね。ここより南から来たの？　気をつけないと寝てる間に凍死しちゃうからね」

「ご忠告ありがとう。あれ、いい絵ですね、前に見たものよりずっといい」

両陛下の肖像画を指さした。

「ああ、地方は複製の複製なんでしょ。ここはまだ最初の複製だからね、実際の絵に近いと思うわ」

「陛下にお会いしたことはありますか」

「まさか。陛下は城に籠もりっきりよ。田舎から出てきたからって知ってるでしょ、実際は宰相閣下がなんでもやってるって」

鎖国している国に他国の者がいるわけがない。だから裏雲もよそから来たことを気取られないように気をつけていた。

「都ならお目にかかれることもあるのかなと思ってね」

「生まれも育ちもここだけど、王様なんて先代から一度も見たことないわよ。さ、何食べる?」

適当に注文すると女は厨房に入った。

どこの国も王様は役にたっていないらしい。他三国は改善の兆しが現れたようだが、果たしてこの国はどうなるのだろうか。

（そんなことより、あの老人を見つけねば）

都に来るまでの間、話を聞き予想はついている。月帰を連れ、越に現れた幻影は駕国宰相の汀柳簡だ。

なにより王族が三人しか残っておらず、うち二人が若い王と王后ならばそれしか該当する者はいない。

まさか宰相自ら誘ってくるとは。何が目的なのか、興味深い。

「おまちどおさま」

「美味しそうだ。ところで、陛下にはまだお子様はいらっしゃらないんでしたよね」

運ばれてきた料理を受け取り、再び女に話しかけてみる。

「そうよ。ねえ、どんな田舎から来たのよ。どこかの殿下みたいな顔して」

思わず苦笑した。

「世間知らずなんです」

「ああ、太府のお坊ちゃまが勉強に来たとか?」

「では、そういうことで」

「ええ、なによそれ。まあいいわ。ほんと十年以上もたつのに王様にはまだ子供はいないわ。このままだとどうなるのかしらね。ここだけの話だけど」

女は声を潜めて耳元に顔を近づけた。

「いっそ、越か燕に併合されたほうがいいんじゃないかって、みんな言ってる。そのほうがましだろうって」

これはまた辛辣だ。

「ねえ、教えてよ。ほんとは黒翼院で勉強するために来たんじゃないの」

黒翼院とは王都にある術師の学舎らしい。これも駕国に入ってから知ったことだ。何故(なぜ)この校名なのか気になるところだが、それは誰も知らなかった。

他の三国では術師は皆、弟子入りする形だった。駕国にのみこういう学舎があるのはそれだけ術に力を入れているということだ。ここを卒業すると国の術官吏(じゅつかんり)になるのだという。それがまともな軍隊のないこの国の防衛力を担ってきたのだ。

「あたしね、好きな男がいるんだけど、恋のおまじないとか知らない？」

「あなたならおまじないは必要ありません」

食事をたいらげると半銀を置いて、立ち上がった。

「口がうまいわね。まあいいわ、まいどあり」

女に手を振られ、店を出た。

ひどく寒い。長く外にいれば歯の根が合わなくなるだろう。こんな過酷な土地にいても、誰かを愛する気持ちがあるのだから人はなかなかしぶとい。

宿に戻ると、子猫が鼠(ねずみ)を捕まえて食べていた。たまに人間の姿のまま食べているときがある。あれはあまり見たいものではない。

「塩梅(あんばい)は良さそうだな」

食べることに夢中で猫は返事をしなかった。

真夜中になったら王宮に忍びこむとして、今は少し仮眠をとろうと思った。睡眠は人の半分以下で充分なのだ。

目を閉じると眠ってもいないのに悪夢が襲ってくる。いつものことだ。殺した者の死に顔、不思議と師匠は微笑んでいる。あの笑顔と信頼を裏切ったことは翼を焼かれても購えないだろう。

苛まれながら浅い眠りにつく。

殿下の傷は癒えただろうか。無理をして起き上がろうとしていないだろうか。天令もいないのだ、大人しくしていてくれればいいのだが。

（……きっと殿下の見る夢も苦しいに違いない）

ならば耐えよう。焼きつくされるその日までは。

＊　＊　＊

『そこで反省しておれ』

少年は獄塔の中に放り込まれた。冷たい床からは饐えた臭いがしてくる。

『父上、言い訳はいたしません。ですが、悧諒は殿下に多くのことを知っていただきたかったのです』

悧諒は食い下がった。

『殿下にもしものことがあればどうする気だった』

趙将軍の低い声が石造りの獄塔に響く。

『そのときは命に代えても守ります』

悧諒は凛として答えた。

『……そして私は殿下とおまえを失うのか』

徐国きっての大将軍の声が消え入りそうになる。父がこの身も案じてくれたのかと思うと胸が熱くなった。

『殿下は徐国の宝だ。私も多くのことを学んでほしい。だが、王都は決して治安がいいとはいえない。この国は九つもの郡を持つ。目が行き届いているとは言いがたい。近年は不作も続いていて、喰い扶持を求め王都に逃げてくる者も多い。いくら粗末な格好をしたとしても殿下やおまえを見れば、そこいらの子ではないということに気付く者はいくらでもいる。わかるな』

『はい……』

諭すような父の声音に悧諒は認めるしかなかった。

『私はこれから急ぎ坤郡へ視察に向かわねばならぬ。明日の朝には出してやるようにと部下に頼んだ。頭を冷やしていなさい』

趙将軍が出ていき、獄塔の扉を閉めるとすぐに暗くなった。ここには小さな窓しかないからだ。まもなく日が落ちれば真っ暗になる。十歳の子供は暗闇と孤独に耐えなければならないのだ。

無理をしてでも街に出たがる寿白殿下を止めることもできた。だが、悧諒は一緒に街に出ることを選んだ。もちろん日暮れまでには戻ってきた。王后陛下も悧諒を叱らないでやってくださいと父に言ってくれた。だが、父はその言葉に甘えるわけにはいかなかったのだろう。

街には喜びも悲しみも飢えもあった。殿下はそれらを知り、直接触れた。殿下が希代の王となるための、きっと糧となるに違いない。それを思えば悧諒に後悔はなかった。

日は落ち、獄塔の中は深い闇に包まれた。主に過ちを犯した王族や高い身分の者が入れられる獄だ。最上階には数十年幽閉された者もいたという。ここは一階だが、それでも恐ろしかった。

母は悧諒が赤ん坊の頃死んだ。大将軍の一人息子として雄々しく育ってきたつもりだ。こんな闇など怖くない。たとえ怨嗟にしばられ迷い続ける魂があったとしても。

壁にもたれ、うとうとした。一枚貰った寝具にくるまり、何も見ないように、聞かないようにして、必死に眠ろうとしていた。

そのとき、重い扉が開く音がした。びくりと身を起こし、悧諒は恐る恐る闇の中で目を凝らす。

『……悧諒いるよね？』

殿下の声だった。

『殿下？』

『そこにいるの。よかった。見えなくて』

『いけない。こんなところに来ては。見つかるから』

『もう見つかった。父上が行きなさいって言ってくれた。そなたも一緒に反省しなさいって』

陛下らしいことだった。

『牢(ろう)の鍵(かぎ)はどの兵士が持っているのかわからないから開けられない。だから朝までここにいる』

格子の前に人影が見えた。顔までは見えないが、殿下の声に誘われる。

『趙将軍の配下の兵に鍵を開けてもらおうとしたら、手を出された』

それは金銭を要求されたのだ。無垢(むく)な陛下にはそんな兵も城内にいるということがわからなかったのかもしれない。

『軍の規律が緩んでいるようだ』

『やんわり断ったんだと思う』

殿下は性善説に基づき、良(い)いほうに解釈する。まだ九つ。時間をかけ、清濁併せ呑(の)む王に成長させなければならない。

『私の殿下……』

『悧諒、ごめん。我が儘につきあわせたせいだ』

『慣れている』

『嫌いにならないで』

『なるわけがない』

　そんなことは天地がひっくり返っても不可能だった。

『ここは恐ろしい。こんなところに来てはいけなかったのに』

『怖いよ。すごく怖い。でもどんなに怖いところでも悧諒がいるなら行く。すぐに行く。そこが私の居場所だから』

　明かり取りの小窓から月光が差し込んできた。愛しいものの姿が見えてくる。二人の子供は格子越しに見つめ合っていた。

『ここには幽霊がいるって言われている』

『なら、私が悧諒を守る』

　それは逆だと思ったが、言い返さなかった。ちょっと喉がつまったからかもしれない。二人の子供は横になると牢の格子越しに手を繋いだ。

『昼は街を探検して、夜は獄塔で冒険。今日はすごいね』

寿白殿下はくすくすと笑った。本当は笑い事ではないのだが、怒る気にはなれなかった。何故なら悧諒も今日は最高の一日だと思ったからだ。

怖がっていたわりには、疲れたのか殿下はあっさり眠ってしまう。無理もない。今日は一日いろいろ冒険したから疲れたのだろう。

月が小窓を通り過ぎるまで、悧諒は殿下の寝顔を見つめていた。

＊　＊　＊

（……夢まで見たか）

深夜になり、裏雲は目を覚ました。怪我をしている殿下を越国に置いてきたせいだろうか、こんな夢を見るのは。

（残念ながら殿下は春まで駕国に来ることはできない）

悧諒のいるところならすぐに行くと言ってくれてはいたが、それも無理というもの。今頃越の王宮で怪我を癒やしながら、正王后の話し相手になっているだろう。

隣で眠る子猫も目を覚まし、問いかけるようにみゃあと鳴いた。

「私は城に行く。宇春はついてこなくていい。私が戻らなかったら……好きなところで生きてくれ」

不満を表明するように猫の目がつり上がった。

「嘘だよ。戻ってくるから待っててくれ。ゆっくり休みなさい」

こうでも言わないと納得しそうにない。

猫は不審の目でこちらを見上げていたが、とりあえず了承したようだ。

さて、王宮に潜り込むとしよう。裏雲は再び外に出ると、宿の裏に回り、翼を広げた。寒すぎて翼もすくみそうだが、それはそれで心地よかった。今にも焼いてやると主張する翼にはちょうどよかったのだろう。

「いざ」

厚い雲からは雪がちらつく。星も見えない空は夜を深くする。上空から見た王都の灯は天下四国でもっとも寂しいものだった。

貧しいというのもあるが、王政府の締め付けの厳しさも原因だ。その結果、人は闇に潜る。罪の温床となってこの国を蝕む。悪循環は破滅の時を迎えるまで続くだろう。

黒い空を羽ばたき、王宮へと向かった。

魔窟に向かう前にしてはずいぶんと甘い夢を見たものだ。たるんだ気持ちを叱り飛ばすような厳寒の風が身に染みる。

あの怪物が待っているのだろうが、まずはこの国の王がどういう状態にあるのかを調べたいと思った。蒼波王は第二十一代、燕国のように女王が四十ほどで次代に譲位していた国でもないのに、王の交代が早いのは短命だからだろう。寒さの厳しい国の人間が短命になるのはわからないでもないが、果たしてそれだけなのか。

王宮上空までやってきたが、ここも明かりは少ない。王族が少ないせいか、防寒のために窓自体が少ないのか。ともかく、侵入しやすい。ただし羽音すら響きかねないほど静寂に包まれているので、そこは気をつけて降りた。狙いは城の屋上部分だった。

明かりを持った歩哨はいる。よく動いているのはおそらく寒いせいだ。閉じきっていて、室内に入り込むのは難しいが、屋上からならなんとかなる。上から襲ってくる敵や賊などまずいない。

期待どおり階下へ続く階段への扉に鍵はかかっていなかった。中に入り、身なりを整える。こうすることで誰かと鉢合わせしても誤魔化しがきく。

人は身なりの良い、堂々とした者に不審を抱かない。

城内に入り込み、夜の廊下を歩く。上空から見た形状を思い起こして、王の寝室と目星をつけた場所に向かう。

廊下を照らす明かりが揺れていた。屋内だというのに息が白くなる。

扉の小窓から明かりが漏れている部屋を見つけた。ここが王のための部屋らしい。扉の重厚さ、装飾などでだいたいわかる。少しだけ、扉を開けてみた。

「陛下、そろそろお休みの時間です」

奥から男の声が聞こえた。国王付の官吏だろうか。

「そのまま眠られてはなりません。まずはこちらにお着替えください。はい、腕を少し上げていただけますか。脱ぎましたら、体を拭かせていただきます」

ずいぶんと細かく世話をしているようだ。いかに王とはいえ、大人の男にこれはやりすぎではなかろうか。しかも、王の声がしないのも気になる。

「ひどいことです……陛下が何故このようなことに」

男の声が涙声になった。

「先代に続いてこのような。閣下はなんとひどい」

閣下とは宰相のことであろう。

「いかに神にも等しいお方とはいえ、これでは国に天罰が下りまする。光を盗むとは恐ろしい……なんと恐ろしいことを」

男の声は震えていた。

「ですが……ですが。先日、越とも取引のあるという商人から聞きました。徐国は一度滅びながらまた甦ったそうです。殺されたと思われていた王子が現れ、圧政と飢骨に苦しんでいた民を救い、徐国を建て直したと。我が国にもきっと希望はあります」

寿白殿下の英雄伝説はこんな鎖国をしている国にまで届いていたらしい。

「諦めませぬ。陛下も必ず元に戻ります。この皓切がお世話いたしますゆえ。ではお湯を捨てて参ります。しばし、お待ちを――」

裏雲はすぐに曲がり角に隠れた。桶を持った男が部屋を出てくる。それを見送り、裏雲はすぐに王の部屋に入った。広い居間には見事な調度品が並ぶ。なかなか趣味の良い部屋だと思った。暖炉が赤々と燃えている。

寝室の戸を開けると、若い男が寝台に横たわっていた。眠っているわけではない。開かれた目は天井を見つめている。

（この目は……）

おのれを持っていない者の目だ。なにより、裏雲が部屋に入ってきたことに気付かないのも尋常ではない。

（脱魂の術にかかっているのか）

つまり、王は本物の傀儡ということになる。丞相や摂政が権力を握ることはどの国でもよくあることだが、これはまた徹底している。

「陛下、ご機嫌はいかがですか」

裏雲は声をかけてみた。

「……誰？」

王は初めてそばに誰かいると気付いたようだ。寝たまま顔を裏雲のほうに向ける。少年の頃に描かれた肖像画どおり、なかなか端整な顔立ちをしているが、その目はうつろだ。

「城に仕える者にございます。どうかお休みください」

裏雲はそう答え、王の額に手を置いた。

「陛下が良き夢をご覧になれますように」

促されるように王は目蓋を閉じた。

すぐに先ほどの皓切とかいう官吏が戻ってくるだろう。裏雲は急いで王の部屋を出た。入れ替わるように皓切が戻ってくる。

（もう少し、城内を見て回るか）

足音をたてないように裏雲は再び歩き出した。

2

裏雲が駕国王城に忍びこんだ、その同じ夜のこと。

天令の少女思思は立ち上がった。何時間でも何日でも同じように座っていられるが、ついに〈動き〉を感じたのだ。

「長かったな」

思思は思い出す。

ずいぶん昔、宰相汀柳簡に捕まったときのことだ。

担当天令の任務として駕国の王宮に侵入した。国の内情は目に余るものがあった。なにしろ宰相の汀柳箇が反抗の兆しを見せた王を殺したのだから。

蒼波の父にあたる先代孔運(こううん)王は病死ということになっているが、呪詛(じゅそ)によるものだった。これだけなら思思も気にしなかった。王が暗殺されることは珍しくない。それもまた国の歴史と報告するだけに止(とど)まっただろう。

しかし、この国は他の三国とは決定的に違う。当初からこれで良いのかと上に訴えたものだが、天は静観の構えだった。滅ぶのもまたさだめ。それが天の考えだったのだろう。とはいえ、彼(か)の者による国王暗殺ともなれば事細かに報告せねばならない。まずは王宮に潜入し、人の形になった。もちろん髪も黒くし、年少の侍女の着物を身につけた。真冬のこの国で蝶(ちょう)の姿をとればかえって目立つと判断してのことだった。

いかにあの宰相でも人の姿ではわかるまいと思った。人間に紛れるための形状だ。どれほど優れた術師でも見抜けるものではない。見抜けるとすれば、この世でもっとも天を恐れる黒翼仙(こくよくせん)くらいのもの。

だが、見抜かれた。

呼び出されたと思うと、手をとられた。最初はただの少女嗜好(しこう)の助平男であったのかと思ったが、そうではなかった。突然腕輪をされたのだ。天の力を封じる呪文(じゅもん)を刻んだ、禍々(まがまが)しいものだった。力が抜け、同時にすぐさま髪が銀色に戻ってしまった。

『これはこれは。美しい御髪ですな、天令様』

宰相の顔から本性が透けて見える。それは駕国の凍土より冷たい目をしていた。

『この寒さの中、あなただけは息が白くならなかった。気配りが足りないのは天の驕り』

抗議したが無駄だった。宰相に解放する気などなく、それどころか首に枷を回し、簡単に外れないよう繋げてしまった。

屈辱だった。天令をまるで家畜のように扱ったのだ。初めは使役する暗魅にこの部屋を監視させようとまでしたが、そうはさせない。四隅に天令の血で結界を張れば、暗魅や魄奇の類いは侵入できないのだ。力を封じられていても、体の中に流れる血は天令のものだからだ。

思思は監禁され、かくして歳月だけが流れた。

その間に即位してまもない少年王が助けようとしてくれたことがあったが、彼も見つかり宰相の手に堕ちた。

天の動きを待つしかなかった。

（そして今宵――）

思思は内側に開く窓を開けた。風が吹き込んでくる。きっと人ならば身がすくむほどの寒風なのだろう。

「来るようだな」

力は封じられていても、天令の能力すべてを失ったわけではない。天が動き出したのだ。思思はそれを感じて、空を見上げた。

天はどうすることにしたのだろう。この国は長くねじ曲がり大罪も犯した。滅ぶべきだと判断したのではないか。もし意見することができたなら、思思もそうするべきだと言っただろう。人間に比べ感情は薄くとも、思思もそのくらいには駕国に怒りを抱いていた。

「……あれは」

細く光が降りてくる。真っ黒い空に一筋。誰も天令が降りてきたとは思わないだろう。果たして誰が来たのやら。

降りてきた光は窓から入り込み、室内で人の形に変わっていく。その姿に思思は唖然とした。

「那兪か……」

目の前に同じ銀色の髪の少年が現れた。よりによってこの出来損ないの天令がやってくるとは。美しい少女の顔が忌々しげに歪んだ。

「そなたが使いとは私も安く見られたものだな」

「人ごときに長いこと捕まっていたわりには元気そうだ」

少年にあっさり言い返され、思思はむっとした。

「そなた、少し変わったな」

「変わっていない。それより、ここから出ていく気はあるのか」

「当たり前だ」

銀色の髪の少年と少女が睨(にら)み合(あ)う。

「徐国はよいのか」

詳しいことは知らないが、徐は一度滅亡し、今年になって死んだと思われていた王太子が国を取り戻したと宰相から聞いていた。

「徐国……さあ？」

いささか様子がおかしい。自分の担当する国であろうに。

「そんなことより首輪を見せてみろ」

那兪に言われ、思思はうなじから髪を掻(か)き上(あ)げた。

「完全に溶接されているのか。鍵もないとは」

「だから逃げられなかったのだ。首が傷ついても死にはしない。切り落とせないか」

「首をか？」

「……首輪だ」

さすがに首を切り落としたらどうなるのか予測がつかなかった。やったことがない。しかし、いちいち腹立たしい。こんな天令だっただろうか。もっと無駄に人臭かったような気がするが。

「これを外さないことには光にして連れていくこともできない」

「それならこのままここを出て、邪魔の入らぬ場所で準備を整えて外そう。このまま連れて逃げられるか」

「城で騒動を起こしていいなら全員目を潰してでも走り抜けるが、どうする？」

思思は考え込んだ。そんな派手なことをすれば駕国に対して天が開戦したようなものだ。汀柳簡には腹がたつが、この国に思い入れがないわけではない。天令として長いこと駕国を見守ってきたのだ。那兪がこういうことを言うのは当然天からそれもやむなしと言われているからだろうが、いざとなれば思思も考えてしまう。

「穏便にできぬか」

結局、効率より情を優先してしまった。

「だったら出直そう」

「待て、天はこの国をどうするつもりなのだ」

「知らぬ。そなたをここから出し、天へ戻すのが私の使命だ」

まずはそれからということか。

「わかった。しかし、それなら次からは天令万華の形で来い。おそらくここの宰相にはなんの光か気付かれただろう」

「宰相とやらは――」

那兪がそこまで言ったとき、部屋の扉の鍵が回る音がした。どうやら駆けつけてきたらしい。

「早く行け。あの男は天令より力がある」

那兪の背中を押した。

光となって窓から消えていく那兪を見送ると、思思は椅子（いす）にふんぞり返った。詰問されるだろうが、せいぜいしらばっくれてやるのだ。

扉が開いて、宰相汀柳箭が現れた。

「夜だというのに何事だ。勝手に入るでない」

思思はいかにも不機嫌そうに老人を迎えた。

「天令殿にお客人がいらっしゃったようなので、ご挨拶（あいさつ）にと思いまして」

「なんのことだ」

「眉（まゆ）一つ動かさず、ぬけぬけとおっしゃるとは。さすがですな」

思思はふんと鼻を鳴らした。

「客がいないことがわかったのなら、とっとと帰れ。そなたの顔を見て楽しいと思うか」

「愛らしい姿できついことをおっしゃる。しかし天令殿を拝見する。私にとっては大変楽しいことです。美の蒐集（しゅうしゅう）は唯一の慰めですからな」

監禁されている以外に狼藉（ろうぜき）を働かれたことはないが、このなぶるような物言いには慣れることができなかった。

「警告する。このような振る舞いはすぐにやめることだ。天の雷が落ちるぞ。国を滅ぼしたいのか」

「天がそう言ってきましたかな」

「知らぬな。私の忠告だ」

老人は薄く笑う。

「なるほど罰だけは与えると。まことに天らしいお考えです」

「不満か。どの国も同じだ」

それは違うと、柳簡は首を横に振った。

「そもそも同じではございませぬ。越には恵みをもたらす自然と四季があります。燕には広い平野と安定した気候、徐には肥沃(ひよく)な大河と南国ならではの恩恵が。駕国に何がありますか。暖房がなければ室内でも容易(たやす)く凍死してしまう。極寒期は息すら凍りつく。作物がとれる期間は短く、土も貧しい。この国だけが最初から重荷を背負わされているのです」

恨み言を言われ、思思は鼻白んだ。

「呆(あき)れるな、そなたには。建国して三百年以上もたつというのに、他国と比べてどうこうなどと泣き言をほざくのか。人は皆、与えられた地で工夫を重ねて生き、根を張るのだ」

「天令殿もご存じのはず。この国で根が張れるのは南の半分だけ。北は凍土で、草木もほとんど生えませぬ」

その点は事実だ。もっとも自然の厳しい国であることは否定しない。だが、それを言ってもどうなるものでもない。

「それがそなたの恨みの源か」

この男は天を恨んでいる。天下四国そのものも恨んでいる。

「いいえ、私は忠実な天の僕。恨むなどとんでもないことでございます」

「黙れ、痴れ者が」

天令を苛々させるなどたいしたものだ。

「私はこの手で駕国の問題を解決するつもりです」

これがぞっとする感覚かと思思は思った。この男の狙いはわかっている。

「……うせろ。今ここに誰もいないことはそなたならわかるであろう」

「さようですな。お帰りになったようだ。どうせまたいらっしゃるかと思います。お仲間が増えるのは天令殿にとってもお慰めになるでしょう。私めも尽力致しますゆえ」

宰相はそいつも捕まえてやると宣言した。

「天を舐めるでない」

「ほう。やはり天の方がいらしてましたか。今宵は忙しい。私のほうにもなにやら客人が現れましたゆえ、これ以上は詮索しないでおきましょう」

「厄介な翼を背負う男です。私のお気に入りですよ。素直に正門から入ってくればよいものを」

「客人だと?」

柳簡は部屋を出ていった。廊下で鍵を回す音が響く。

(私の運命も回る)

果たしてあの出来損ないの天令に私を救い出せるのか。何度か人に情をかけ、地上に介入しては罰を受けていた。よくあのようなものに天下四国の一国を担当させたものだと思ったくらいだ。

手は出さない、見守り、詳細を報告する。地上を預かる天令の仕事はそれだけ。言われないことはするべきではない。那兪はそれができない天令だった。

何故那兪なのかはわからない。それでも今はあの者を待つしかない。

しかし、こんな夜に宰相に客人とは。しかも翼仙(よくせん)か。

「……何を企(たくら)んでおるのやら」

今はまだ、思思には今宵何が起きているのかわからない。

座ったまま、目を閉じ深く瞑想(めいそう)していった。

＊　＊　＊

閉じ込められた少女の部屋から宰相が出ていった同じ頃。

もう一人。天令の少女と同じようにこの城から出ることができない女が、溜(た)め息(いき)とともに分厚い本を閉じた。

王后麗君(れいくん)である。

「もうお休みになりませんか」

侍女の声に王后麗君は顔を上げた。

「そうしたほうがよさそうですね」

冬期は夜が長すぎて感覚を忘れてしまう。根を詰めすぎて目がかすんでいた。

「ちゃんとお休みにならなければ身がもちません。どうか、ご自愛ください」

侍女の翠琳(すいりん)はまだ少女という年頃だが、よく仕えてくれている。数少ない心許せる者だった。

「ええ、気をつけなくてはね」

王后は寂しげな美貌(びぼう)に微笑みを滲(にじ)ませた。

「国王陛下のご病気が快癒なされば、どんなにか……」

翠琳は涙ぐむ。

この子も陛下は病気だと思っているのだ。そうではないことを知っているのは私と皓切くらいなのかもしれない。王后は小さく吐息を漏らした。

そうではないのよ、翠琳。そう言えたらどんなによいだろうか。蒼波王が心を失ってしまったのは宰相のせいだと言えたなら。だが、それを人に言ってしまえばこの身も意思を抜かれた傀儡にされてしまう。

(……恐ろしい)

あの男のことを考えるだけで、それが伝わってしまうのではないかと不安に襲われる。こうして王にかけられた呪術(じゅじゅつ)を解く方法はないのかと城の本をあたっているが、芳しくない。

駕は天下四国でもっとも術を尊んだ国である。おそらくそれに関する文献の数はどこにも負けていないだろう。だからこそ、王后は多くの本を読んだ。難解なものを読むために勉強もしなければならなかった。

そうやって十年。妻を妻とも認識できなくなった男を治す方法を求めつづけた。

おそらく無駄なのだ。そんな方法はない。できるとすればそれは宰相だけ。いっそあの男を殺せないものかと思ったこともある。しかし、たとえできたとしてもなんの意味もない。それどころか、さらなる奈落(ならく)に突き落とされるかもしれない。

そう思い、極力波風を立てずに過ごしてきた。まだ奇跡などというものにすがりつきたかった。

「翠琳もお休みなさい。わたくしも横になりますから」

立ち上がり椅子に本を置いた。

「はい。それでは失礼いたします」

侍女の部屋は廊下を出て隣にある。

出ていったのを確認し、王后は寝台に腰かけた。夜になると夫が恋しくなる。駕国では王と王后は寝室を同じくしないのが習わしだった。王が、后なり他の貴妃なりの部屋を訪れる。

即位したあと蒼波王にもまず二人の貴妃があてがわれたが、王はまもなく心を失った。そのため今は貴妃たちも里に帰されている。すでに別の男と夫婦になったらしい。

（支えられるのはわたくししかいない）

そう思って十年の孤独な夜を耐えてきた。

あの白い手に髪を撫でられ、抱き寄せられる日はもう来ないのだろうか。王后は両手に顔をうずめた。

残された王族で幼いときから許嫁（いいなずけ）で、不満に思ったことなどない。ともに手をとり、駕国を少しでも豊かにできればと思っていた。年齢を重ねるごとに、王にそんな力はないと思い知らされたが、それでもどこかで二人ならと信じたかった。

眠れそうにない。王后は寝間着の上にもう一枚羽織ると寝室を出た。居間では暖炉の火が控え目に燃えていた。また本を読もうかとも思ったが、少し歩きたくなった。

隣の翠琳に気付かれないよう静かに部屋を出る。冷気が頰を刺した。

この寒さが駕国。外はこんなものではない。この国は食糧も薪も足りていない。この冬いったいどれほどの民が死ぬことか。

何もできない悔しさは王后の胸を苛み続ける。

夜の廊下には等間隔に蠟燭の火が入れられるが、女一人歩くには薄暗く不気味だ。それでも自然に王の間へ足が向いてしまう。もう眠っているだろう。起きていたとしても、世話係の官吏より覚えてもらっていない。会うたびに、誰と訊かれる。

(わたくしのせいなのかもしれない)

宰相が天令を捕まえ閉じ込めているのではないか。そんな疑いを彼に話してしまった。王はそれを調べようとして、宰相から——

「あっ」

王后は思わず声を上げた。廊下の角を曲がったとき、若い男とぶつかりそうになったのだ。

「これは失礼いたしました」

男はさっと道を空けた。

「いえ……見慣れませんが、夜勤の官吏ですか」

「はい。新参者です」

男は丁寧に頭を下げた。こちらが王后だと気付いていないのかもしれない。表に出るのはもっぱら宰相だ。王が人前に出られなくなり、王后の麗君も公の場に顔を出すことはほとんどなくなった。知らない者がいても不思議ではない。

「もしや、王后陛下であらせられますか」

「え……」

「両陛下の肖像画を拝見したことはございます。もちろん複製ですが」

確かに即位したあと、そんなものを描かせた。

「十年以上も前の絵です。よくわかりましたね」

「それはもう。素晴らしい肖像でしたから。ますますお美しく、お目にかかれて感激しごくでございます」

王后はくすりと笑った。化粧もおとしている。まして今、少女の頃の輝きなどあろうはずもない。

「がっかりしたんじゃありませんか。すっかりくたびれていると」

「ご謙遜(けんそん)を」

そつのない男はよく見ればなかなかの美男であった。

「外はいかがですか。この冬、食糧が不足しているのではありませんか」

こんなことを訊いても、官吏が正直に話してくれるとは思えなかった。皆、綺麗事しか言わない。だが、この初めて見る官吏は不思議と話しやすく、心許していた。

「そうですね。今年はまだもつでしょう。ただ来年は大変なことになると思います」

王后は目を見開いた。

「何故ですか」

「穀倉地帯である蕨と珊。この二つの郡で大洪水が起こったことをご存じありませんか。幸いほとんど収穫のあとでしたが、田畑の復旧にどれほどかかることか。数年は覚悟せねばならぬでしょう」

王后は肩を落とした。こんなことも自分は知らされていなかった。この国の王后としてこんなに情けないことはない。

「……そんなことも知らないと呆れていることでしょうね」

「宰相閣下が陛下を案じて、お耳に入れないようになさったのではありませんか」

そうではない。宰相にとっては話す必要もない存在ということ。

「そうなのかもしれません」

こう答えるしかなかった。夜の城、それも廊下で官吏とこんなことを話していること自ませんでしょうか」

「閣下は光を盗んだとおっしゃる方がいらっしゃいました。どういう意味かお教えねがえ
王后は唇を震わせた。いずれわかることとはいえ、言えるはずもない。

「皆、閣下を恐れています。私は新参者ゆえよくわかっておりません。何故でしょうか」

体滑稽に思える。


「訊いてはなりません。知らないほうがそなたのためです」

自らの両手で肩を抱き、王后は振り払うように首を振った。

「これは失礼いたしました。つい」

男はすぐに引いた。

「陛下のお部屋にいらっしゃるのでしょう。お引き止めして申し訳ありません」

「そう思ったのですが、夜分ご迷惑ですね、戻ります」

「そのようなお考えは無用です。妻が夫を案じるのに迷惑などということがあるでしょうか。どうか、国王陛下のお手を握って差し上げてください」

官吏の言うことが胸に染みてくる。

「わかりました……ありがとう」

王后は丁寧に礼を言い、感謝した。そう言ってもらえて救われた気持ちだった。

「それでは私は仕事に戻ります。足下お気をつけください」

官吏と別れると、王后は少しだけ軽くなった足取りで王の部屋に向かった。

王の間には必ず世話係が詰めている。扉を叩き、開けてもらうと驚いた官吏が中に入れてくれた。

「王后陛下、どうなさいました」

「会いたくなったのです。陛下に。ごめんなさい、夜分だというのに」

素直に告げると、世話係の皓切は破顔した。

「何をおっしゃいます。遠慮などなさらないでください。陛下は眠っていらっしゃいますが、どうぞ」

自分から夫の部屋に行くなど、はしたないと思われないかと気にしていたのが、馬鹿馬鹿しくなるほど自然に入れてもらった。

近頃は、なにもかも弱気になりすぎていたようだ。そう思いながら、眠る夫の傍らに立った。

かすかな明かりに照らされたその寝顔は、この世でもっとも愛しい人だった。もう満足に言葉を交わすこともできない。誰かと訊かれ妻だと答えても、妻とはなんなのか理解できない。王の中に残ったものはなにもないのか。

「……陛下」

起こさないように耳元で囁く。

「ごゆっくり」

官吏はそっと王后の脇(わき)に椅子を置くと寝室を出ていった。二人きりになるのは何年ぶりだろうか。

椅子に座り、王の手を両手で握った。

「どうか帰ってきてください。寂しゅうございます」

久しく渇いていた双眸(そうぼう)から涙がこぼれ落ちた。

「陛下、わたくしは二十五になりました。あまり待たせないでくださいませ」

いいえ、と王后は首を振った。

「いつかきっと、取り戻してみせまする。陛下のお心を」

手立ては何もない。それでも祈りたかった。王后はふと顔を上げる。

「あるのかもしれません……陛下を助ける方法が」

そう。天令を解き放ち、この国の行く末を天に仰(あお)げば、事態は動くかもしれない。

だが、天は駕国を天に仇(あだ)なす謀反の国と断じ、滅ぼすことを決断するかもしれない。

(そうなれば、わたくしがこの国を――)

考えただけでも恐ろしかった。

なにより、天令の解放は王もやろうとしたのだ。それが今に繋がっている。宰相に気付かれないように天令を救い出すなど不可能に近い。おそらく先代王も宰相に抗(あらが)おうとして殺されたのではないかと思っている。

「わたくしは万に一つの賭けをするべきなのでしょうか」

答えない夫に問いかける。

「陛下……わたくしに勇気を」

握った手に濡れた頬を寄せた。

3

裏雲は冷や汗を拭った。

まさか、王后と鉢合わせするとは思わなかった。今夜はいろいろある夜だ。殿下と再会してからというもの、計画どおりいくことなど一つもない。

駕の王后麗君――今頃、夫と会えていることだろう。愛し合いながら心を通わせることもできない夫だ。会えば会ったで悲しみが募るのかもしれない。眠れる美男王も憂い顔の王后も憐れなものだ。

越の女傑、瑞英正王后も同じように夫が病床にあったが、ずいぶんと違う。無論、これは彼女の力不足というよりこの国の実権が宰相にあるためだろう。

燕は摂政家の彭一族が長く実権を握っていたわけだが、駕はそういうわけではない。今の宰相は四十年近く前にその地位についている。その前は王の従兄弟（いとこ）にあたる王族の一人が宰相を務めていた。この国は王族の誰かが宰相の任につくことが多い。

かつては王が権力を持ち、強い指導力をみせたこともある。その点からいっても駕国の王政は絶対のものであるはずだった。

にもかかわらず、現王は傀儡。王后までも怯（おび）えながら日々をすごしている。

この国の四割にあたる北側はほとんど人が住めない厳寒の地だ。そのため北部一帯も特別開発区の名目で王都直轄領となっていて、開発のための役人と出稼ぎの人々、送り込まれた罪人などがいるだけだった。過酷な環境で資源などを採掘しているのだが、なまじの戦争より死亡率が高いとも言われていた。

この世の地獄——それが駕国北部だった。

王都直轄領の他に四つの郡があるが、太府は世襲制ではなく、王が任命した上級官吏が務める。王国の中の小王国を許さない、これも王政の力の表れだ。

徐国は駕国と国境を接していないこともあって、情報があまり入ってこなかった。正式に鎖国する前から未知の国でもあった。

鎖国する以前からも出入国が厳しく、商売もすべて国が管理していた。特別開発区に送られる罪人の七割はこの禁を破った者らしい。

越国から歩いてここまで来て、多くのことを知った。

(さて、何を調べるべきか)

宰相のことは気になるが、無理をすれば捕まる。

相手は他国におのれの幻影を送り込み、会話ができるほどの術師だ。術だけで考えれば翼仙の裏雲でも絶対に勝てない。

実のところ裏雲は捕まってもよいと思ってここにいる。

あの老人と話さないことには、黒い翼の宿命から逃れる手立てがあるのかどうかも聞き出せない。最悪殺されたところで何も困ることはない。どうせあと一年ほどで焼かれて死ぬ身だ。それなら、捕まって困ることはないだろう。

先に老人と決着をつければ、殿下が毒牙にかかることもなくなるのではないか。春になれば殿下は必ず駕国に入る。

(その前に黒い翼が消えているか、この命が尽きているか。いずれにしろ、友を助けるという殿下の崇高なる使命は消える)

それこそが我が願い。

宇春は殿下を頼れと言ったが、なかなかそういうわけにもいかない。死ぬ運命と生きる運命が交わることはない。

なにより宰相は侵入者があったことに気付いている。

「そうだろう、月帰」

裏雲は立ち止まった。

ここは厨房付近。深夜、人気のないところまで誘い込み、ようやく呼びかけることにしたのだ。

背後にいた蛇が動きを止め、人に変わる。妖艶な女人の姿がそこにあった。

「やっぱりわかっちゃうのね」

「長い付き合いだ。私も君の匂いは覚えている」

そう言うと、月帰はほうと吐息を漏らした。

「もう、そういうこと言うんだから」

握られた月帰の手は冷たい。これも蛇の性だ。

「汀柳簡は君を大事にしてくれているかい」

「……ええ」

どこか寂しそうに答える。それから目を吊り上げて顔を上げた。

「どうしてあんな間男なんかに振り回されているのよ。放っておけばいいでしょ。変わったのはあなただわ」

赤い唇から抗議が出た。確かにそのとおりだった。殿下の仇を討って、焼かれ死ぬ。それしか予定がなかった。揺らぐことのない悪党だったというのに、月帰からすれば失望しただろう。

「ねえ、もう一度そばにいさせて。元の裏雲に戻ってよ」

「月帰の主人はここの宰相だ。あの男は裏切らないほうがいい」

嫌よ、と月帰は首を振る。

「戻ってこいって言ってよ」

宇春にも感じたことだが、人と付き合いが長くなると、暗魅を超えた感情が生まれるらしい。

「私を尾(つ)けてきたのは宰相の指示だろう。彼はどこにいる」

「駄目、すぐに逃げるのよ。あの男は——」

そこまで言って月帰は口をつぐんだ。裏雲の背後に気付いたその目が恐怖に染まる。

「月帰、お客様を紹介してくれるかな」

振り返ると薄闇(うすやみ)の中に老人がいた。以前のような幻影ではなく、本体だというのに足音一つたてず近づくとは驚かされる。

「紹介が必要ありますか」

裏雲は月帰を背中に隠した。

「そうだな。〈庚(こう)国の宦官(かんがん)〉だった裏雲殿、または〈徐国の趙将軍の嫡男〉悧諒殿。どちらでお呼びすればよろしいかな」

そんなことまで知っているのかと、裏雲は吐息を漏らした。

「悧諒という者はすでにおりません。しかし、よくご存じですね」

　痩せた老人だが、立っているだけで息苦しいような威圧感がある。歳のせいで白濁した目はすべてを見通しているかのようだった。

「他国のことは調べ上げておる。たとえば寿白殿下が燕国の姫君と夫婦になったことなども」

　駕国は自らのことを隠し通していたが、他国の情報集めには熱心だったらしい。

「私も暗魅遣いだ。彼らは人よりよほど役にたつ」

　その点には同意する。

「それで月帰を勧誘したわけですか」

「裏雲殿では物足りなくなったのだろうな。寿白殿下がご存命と知り、かつての切れ味がなくなったためではないか」

　口調といい表情といい、人を怒らせるのがうまい老人だ。

「だが、私はそなたを大いに買っている。庚王を殺した手口、飢骨まで都に呼び寄せる容赦のなさ。なにもかも素晴らしい。あと一年もすれば、まるで初めから存在しなかったかのごとく黒い翼が徹底的にその体を焼きつくす。惜しい、あまりにも惜しい」

　その言い様は少しばかり芝居がかっていた。

「惜しいから助けてくれると？」

「ならば我が下に来なさい」

老人は片手を差し出した。

「寿白殿下にも誘いをかけていたようですが」

「彼には大事な役割がある。だが、怪我をしてとうぶん動けないようだな」

裏雲は顔をしかめた。

「できれば殿下からは手を引いていただきたいのですが」

「ここではゆっくり話もできぬ。まずはついて参れ」

どうしたものか、考え込む。

「……駄目」

後ろから月帰が袖を引いた。震える声で止める。

「おおそうだった、その蛇はもういらなかったな」

老人が左手を肩の高さまで上げたかと思うと、高速で何かが飛んできた。裏雲の首元をかすめて、後ろにいた月帰の眉間を打ち砕いた。

「月帰っ」

細く糸を引くような悲鳴を放ち、月帰は額から血を流したまま薄くなっていく。すがるように月帰の手が伸びてくるが、その手を摑んでやるより早く指先から消えていく。潤んだ瞳の余韻を残し、やがて妖艶な暗魅は完全に見えなくなった。

床に流れた血だけが月帰の生きた痕跡だった。その血を指でなぞる。

「どうなされた。情が移っておいでだったかな」

長年ともに過ごし、裏雲の野望に付き合ってくれた女だ。情が移らぬわけがない。

（……月帰）

利用するだけ利用して守れなかった男を恨んで死んだだろうか。

（許せ……いや許すな）

裏雲は動揺を見せまいと一呼吸置いた。

「いえ、そちらの暗魅ですから。行きましょう、温かいお茶などいただけますか」

せいぜい酷薄に笑ってみせる。奴は腕に見たこともない武器を仕込んでいるようだ。ここで抗っても勝てない。

「すっかり冷えてしまいまして」

月帰の血のついた指をぎゅっと握りしめた。

「西異境の良い茶がある」

「それはいい」

裏雲と老人は長い廊下の闇へと消えていった。

第二章　再びの那俞

1

「……着いたか」

飛牙はなんとか王都相儀までやってきた。

誰が春まで待つかよ——裏雲が越王宮を去って三日後には飛牙も北へ向かっていた。どの道を進んだかわからず追いつくことはできなかったが、それほど遅れをとってはいないはずだ。

何度死ぬかと思ったか。

雪山を越え、凍結した道を歩き、背中の傷が開き化膿して熱が出たこともあった。それでも駕国を目指した。

この旅の終着点はここだ。裏雲と那俞を取り戻すための答えがある。

「しかしまあ……天下四国とは思えないな」

王都の街並みを眺めながら、呟いていた。

目立つ建築物はほとんどが西異境北側の国の様式だろう。白壁と丸みを帯びた屋根が美しい。灰色の空にそびえる王宮はなかなか荘厳だ。

あの術師の老人はあそこにいるのだろうか。

まずは宿で休むかと思った。背中の傷口が熱を持って疼いている。怪我なんてものは歩いているうちに治る。治すしかない。そう決めて強行したが、残念ながらあまり調子は良くない。寒さとはずいぶんと体力を消耗するものらしい。

手近な宿に入ると、部屋を取った。

すぐさま寝具に潜り込む。冬の駕国に入るなど狂気の沙汰かもしれない。背中だけはひりひり熱を帯びている。翼を背負った裏雲もこんなふうに痛むのかもしれないと思うと、苦痛を共有しているような気がしてくる。無論、そんなものは自己満足だが、いつか本当に裏雲から黒い翼を引っぺがしてみせる。

あいつが背負った重荷に押し潰される前に……

そんなことを思いながら眠りに落ちようとしていたとき、寝具の中でなにやらもぞもぞ動くものに気付き、驚いて跳ね起きた。

「猫……？」

中に子猫がうずくまっていた。綺麗な青みがかった灰色の毛並みには見覚えがあった。

「……おまえ、みゃんか」

猫は肯定するように小さく鳴いた。裏雲と一緒に旅立ったのだろうから、駕国にいてもおかしくはない。

「どうした。元気ないな、どこか悪いのか」

明らかに様子のおかしい猫に触れて、体を調べてみる。

「腹に傷があるな。どうした。って人間にならなきゃ話せないか」

どうやら怪我のせいで人の姿にはなれないらしい。まずは治療してやらなければならない。何があったのやら。こうなると裏雲もどうなっているのか気になる。

しっかりしろよ、と弱った猫を撫でる。

「暗魅にもこの薬効くのかな」

背負ってきた袋から自分の薬を取り出して、猫の傷口に塗ってやる。上から綺麗な布を巻いてやった。

「まあ、じゃ怪我人同士一緒に寝るか。寒いからちょうどいいや。よくなったら裏雲のこと教えてくれよ」

まずは眠ることにした。実体は暗魅でも猫だと思えば、たいがいのことは受け入れられる。こんな温かいものを抱かない手はない。

「裏雲は翼でひとっ飛びしてきたか」

うにゃっと返事をした。たぶん、違うという意味だろう。

「歩いてきたのか。そっか、だったらわりと最近着いたんだな。俺もわりとすぐ追いかけたからな。裏雲は俺が春まで待つと思ってたんだろ」

にゃっと答えた。

「昔から俺にだけは甘い」

ちょっと猫に自慢してしまった。

「生憎俺は裏雲が目を離した隙に、信用するに値しない下衆に変わった。気をつけろって言っておけ」

うにゃうにゃ、となにやら言い返してくる。

「反論あるのか。まあいいや、休もうぜ」

猫をぽんと叩いた。

（一年の半分が冬の国か）

駕国はおかしな国だが、その昔三代だか四代だったか、まだけっこう国交があったらしい。徐国の王が一度駕の王族の娘を后に迎えたこともあったようだ。当時の詳しい資料は火災で消えてしまい、そのへんは伝承に近い。

その後、徐々に関わりがなくなり、三十年ほど前、駕国は鎖国した。隣国である越と燕とは少しばかり商用の取引は続いているようだが、そのわりに越にも燕にも駕国の情報はほとんど入ってなかった。

しかし、なんと陰鬱（いんうつ）な国だろうか。冬ということもあるが、常に分厚い雲が垂れ込め、国全体を抑圧しているかのようだ。民はずいぶんと不満を抱えていたようだが、こうも寒ければ反乱も起きないのかもしれない。

軍はごく小規模で、術が国を守るという認識らしい。ゆえに術師は地位が高い。地仙崩（ちせん）れと言われ、怪しげな者扱いされている他の三国とはまったく違う。

みゃんの傷は命を奪うようなものではない。明日には人の姿になって話せればいいのだが……

喰（く）えるときには喰う。眠れるときには眠る。これは長い放浪生活で得た基本の智恵だった。猫と寄り添い、飛牙は眠りに落ちていった。


夕方から眠り、目覚めたときには朝になっていた。

狭いと思ったら、隣で寝ていた猫が小娘になっている。何をしたわけでもないが、これはさすがに焦った。

「寝てるときは猫でいいだろ」

「人になれるか試したかった」

窓から漏れる光はわずかだが、すぐ目の前に顔があるので、娘がごく無表情に答えたのはわかった。

「そうか……なれてよかったな」

「間男が起きるのを待ってやった」

馬鹿(ばか)にしているふうでもなく言う。

「間男って言うな」

「なら種馬と呼ぶ」

裏雲はいったい人のことをなんと言って聞かせていたものやら。腹立たしいが、この猫娘に悪意はない。

「それも違う」

「デンカがいいのか」

「俺は飛牙だ。おまえは宇春(うしゅん)と呼べばいいのか」

「なんでもいい。どれも私なのだろう」

そんな達観したことを言われると、こっちの心が狭いみたいではないか。とは思ったが、暗魅にとっては人がつけた名などさほど意味がないのかもしれない。

「起きるか」

飛牙は寝台から起きると毛皮を着込んだ。朝の冷え込みはただごとではない。

「みゃんは大丈夫か」

「じっとしてれば治る」

まだ動けないということだろう。

「で、何があったか話せるか」

寝台に腰をおろし、小娘に問いかけた。

「裏雲が帰ってこなかった。だから探しに行こうと思って城に侵入した。でも、暗魅に……たぶん紫猿だと思うが、やられた。仕方なく戻って休んでいた」

紫猿とはその名のとおり、猿に似た暗魅であるが、普通使役できる連中ではない。

「そいつらは城を警護してたのか」

「たぶん」

とすれば、使役できる者がいるということだ。おそらく、招待してきた老人だろう。それほどの術師を相手にしなければならないと思うと気が滅入る。

「そりゃいつのことだ」

「いなくなったのは六日くらい前。それから三日くらいして探しに行った」

みゃんを置いていったのだから、それだけ危険だと判断してのことだろう。裏雲はあの老人に捕まったのだろうか。

老人はおそらくここの宰相だ。残り少ない王族の一人、優れた術師。人相風体と道々聞いた話からそう判断できる。これくらいのことは裏雲なら当然わかっただろう。わかったうえで、一人で侵入したわけだ。

「助けにいきたい」

もちろんだが、闇雲に突入すれば捕まるか殺される。

「裏雲と俺のことは簡単には殺さないだろう。だけど、みゃんには容赦しないと思う。おまえは無理すんなよ」

「助けてくれるか」

「当然だろ。でも、俺は飛べないからもうちょっと策を練らないとな。こう寒いと頼みごとを聞いてくれる生き物もなかなか見つからない。情報もほしいところだ」

みゃんは布団で丸まったまま、こくこくと肯く。

「あの蝶々はどうした」

那兪のことだろう。その名を思い出すと少しばかり胸が痛む。

「天に連れていかれた。どうなったか、わからない」

「……そうなのか」

お互い天敵のようなものだが、安否は気になるらしい。

「裏雲に那兪……どうなってるんだろうな」

あと一年ほどで消えてしまう男と永遠の存在。どちらも諦（あきら）める気はなかった。

2

裏雲よ、何を苦しむ？

その翼が罪の象徴だと思っているのか。

――私が何人殺したと思う。

くだらぬ。罪とはなんだ、罰とはなんだ。

――恩人を殺して翼を奪った。

力とは奪うもの。

――王都の民を飢骨（きこつ）に喰わせた。

王都に来なければ、飢骨は村々を襲って喰いつくしただけだ。王都に住む者、そうではない者、命に違いがあるか。

――詭弁（きべん）だ。

いや、真実だ。そなたも気付いているはず。天に干渉しない以外の選択肢などない。そんなものに振り回されてどうする。〈奴（やつ）〉にそんな力も資格もない。

抗（あらが）え。

あんなものに跪くな。

そなたは我に近い。我とともに思うがままに地上を統治するのだ。天下四国は元々一つ。一つに戻るのだ。

我が助けてやる。そなたの殿下に何ができる。奴にはふさわしい仕事がある。そなたは我と来い。ともに本物の天になろうぞ。真の天は我が手にある。

（本物の天？）

目覚めると天井に天があった。雲間から光とともに銀色の髪の天令が降りてくる。なかなか見事な壁画だった。

「……こんなに眠ったのは久しぶりだ」

裏雲は寝台から天井に向かって手を伸ばした。

呼べど叫べど届かぬ天。ここならこんなに近い。汀柳簡が熱心に誘うわけだ。そう、あの男は味方がほしかった。天に成り代わるために。

朝だが、思ったほど冷え込んではいない。ここの城では寝室は夜の間も火を絶やさないようにしている。庶民ではなかなかこうはいくまい。宿も寒かった。

宇春はどうしていることやら。探しにきていなければいいのだが。月帰のように死なせるわけにはいかない。

ここに来て数日たつが、監禁されているわけではない。戻らないのは裏雲の意思だ。汀柳簡の知識は見事で、彼は惜しみなく注いでくれる。夢にまで押しかけてくる問答はまるで洗脳だが、あっさり染まるほど初心でもない。

少なくとも術師にとっては悪い国ではないだろう。

壁の隅に蜥蜴のようなものが張り付いていたが、この寒さで普通の蜥蜴が活動できるわけもない。あれは暗魅だ。宇春たちと同じ人花かもしれない。使役され、客人の見張りについているのだ。

裏雲は与えられた防寒着を着込むと窓を開けた。耳をもぎ取っていくような冷風も嫌いではない。

「裏雲様、お目覚めでしょうか」

扉の向こうから声がした。裏雲の世話を言いつかっている年配の男だ。官吏ではなく、柳簡が個人的に雇っている側近らしい。

腕には常に石弓を極限まで小型化した武器をつけている。ある程度片手で操作が可能という優れものだ。汀柳簡も同じものを持っていた。至近距離なら充分な殺傷能力がある。現に裏雲は目の前でむざむざ月帰を殺されたのだ。

「はい、おはようございます」

裏雲は扉を開け、愛想良く挨拶（あいさつ）をした。

「朝食の用意ができております。どうぞ」

愛想に愛想は返してくれない。名を楊近（ようきん）といい、感情をどこかに置き忘れたかのような陰気で無表情な男だ。目を合わせようともしない。

『へたにおなごをあてがえば、そなたに骨抜きにされかねないからの』

楊近を紹介したとき、柳簡は笑ってそう言ったものだ。確かにこの男を堕とす自信は裏雲にもなかった。

「ありがとうございます。着替えてから参ります」

先に楊近を戻し、裏雲は着替え始めた。半裸のまま見張りの蜥蜴にちらりと目をやり、微笑（ほほえ）む。

（堕とす相手は人間とは限らない）

この蜥蜴が人花なら腕が鳴るというもの。

今朝は柳簡も一緒に食事を取るらしい。向かい側に座った。

「駕国の料理はお口に合うかな」

「駕国風というより、異境風なのでしょうね。この煮込みなどは」

宿の食事は他の三国とあまり違いはなかった。ここのは明らかに違う。湯気のたつ料理はほのかに酸味のあるものが多い。

「そう。西異境北の料理人が作るものだ」

「異境の料理がお好きですか」

「好きというのか、わからん。天下四国の食事に飽きたと言ったほうが正しかろう」

歳のせいなのか、二口ほど食べるともう満足してしまったようだ。箸を置く。

「建築物や文化にも飽きてしまわれたようですね」

「おかしなことを。王宮などを建て替えたのは百年以上も前のことだぞ」

この老人は簡単には引っかからない。

「ところで術師の学舎は何故、黒翼院と名付けられているのですか」

「気になるか。あれは初代の学長に黒翼仙を迎えたからららしいな。我が国にいかに悪しき偏見がないかわかろうというものだ」

「偏見ではありますまい。黒翼仙は一人残らず間違いなく白翼仙を殺した罪人ですよ」

各自の事情はさておき、それだけは事実だ。

「武人も英雄も人を殺す」

「だから私を配下に迎えたいと？」

「配下ではない。片腕として迎えたい」

「報酬は黒い翼がもたらす死から救うことですか」

「いいや、永遠の命だ」

これには裏雲も箸を止めた。

「つまり黒翼仙すら生かす術があるということでしょうか」

「簡単に言えばそういうことだ」

白翼仙から知識を受け継いだ裏雲ですらそんな術は知らなかった。だが、相手は天になると豪語する術師だ。

「大変興味深い」

「私の片腕になるか」

柳簡は本題に入った。

「夢のようなお話ですが、不利益になる点も聞かなくてはお答えできません」

「そなたに損になることはいっさいない。私から見ればそう思える。今更、天に対する忠誠などあるまいて」

賭ける価値はあるのかもしれない。なにしろどうせ死ぬのだから。とはいえ、この男は殿下をも利用しようとしている。

「寿白殿下をどうするおつもりなのか伺わなくてはなりません」

「案ずるな。そなたにとってはこのうえない形となろう」

白濁した目の下から別の何かが覗いているようだった。この老人の底知れぬ闇は黒い翼を持つ者を魅了して止まないだろう。

(それは私も同じ)

裏雲は確かに目の前の老人に惹かれていた。

(だが、私にとってこのうえない形とは)

それは殿下にとってもこのうえない形なのか。

「どういう……」

意味か訊こうとしたとき、部屋に官吏が入ってきた。

「閣下、急ぎお耳に入れたきことが」

そう言ってちらりと裏雲を見た。

「かまわぬ、申せ」

「はっ、はい。北部鉱山にて大規模な……例の襲来が発生したとのことでございます。数百人の死者が出たのではないかと」

柳簡はやれやれと立ち上がった。

「すまぬな、行かねばならぬ。ゆっくりしてくれ。何かあれば楊近に言うといい」

「おかまいなく」

去っていく柳簡を見送り、裏雲は食事の続きに戻る。異国の料理にしなければならないほど天下四国に飽きてはいなかった。

腹ごしらえを終えると楊近がやってきた。

「お部屋にお戻りになりますか」

「庭を散歩してもよろしいですか」

「冷えますが」

「気にしませんので」

「それではお供いたします」

勝手に歩き回られては困るということだ。この男がついてこなければ蜥蜴が代わりになるだけ。

「お世話かけます。案内していただけますか」

蜥蜴と違い、訊けば解説くらいはしてくれるだろう。

楊近と一緒に外に出た。

背丈まで縮みそうな寒さに、裏雲は空を見上げた。灰色の空から雪が降っている。固めることもできないほどの粉雪だ。

「多くの方が亡くなったそうですね。痛ましいことです」

「どうせ罪人です」

あっさりと言ってのける。虫けらと同じということらしい。

「例の襲来とはなんでしょうか。落盤による事故などならわかるのですが」

「客人に話すことではありません」

「もしや駕国にだけ現れるという魄奇ではありませんか。寒さで死んでいった者たちが氷雪をまとって大群で歩き出すという。彼らはどういうわけか王都を目指す。だが、到着前に春が訪れ消えていく」

憐れな死者たちは少しでも暖かいところへ行きたいのだろう。それが罪人だったとしても凍りついた怨嗟は消えない。

「確か氷骨でしたか。集まって巨大化する飢骨と違って、一体一体が軍勢のように向かってくる。その姿は――」

「おやめなさい。詮索はなさらぬことです」

楊近はぴしゃりと止めた。

「これは失礼しました。知的好奇心は翼の性。お許しください」

素直に詫びた。推測が間違ってないと確信できればそれでよい。

「おや。驚いた、花が咲いている」

広く一面真っ白になっている庭で、雪をかぶりながらひっそりと真紅の花が咲いていた。

「雪紅草です。寒くないと咲かない花でして」

「これは珍しい。他の国では見たことがありません。雪の白さとの対照が見事です」

「この国ではありふれた花です」

楊近にとっては慰めにもならないようだ。元々花になど興味がないのだろう。

「あちらの棟は？」

少し離れたところにある三階建ての棟が気になった。

「閣下が使っています」

裏雲が気にしたのは三階の窓に鉄格子がはまっていたからだ。普通に考えれば、獄なのではあるまいか。が、それ以上は質問を重ねなかった。当然この男は逐一主人に報告している。

「ここには後宮がないようですね」

「あるときもあります。それは陛下次第ということです」

確かに現国王に後宮は必要ないだろう。生ける屍（しかばね）の王を思い出し、心から納得する。

「お世継ぎはまだだと聞きましたが」

「すべては閣下にお任せすればよろしいのです。我々が気にすることではありません」

絶大な信頼というよりは、考えることを放棄しているようにすら見えた。ここの官吏や侍女たちもその傾向にある。

宰相閣下はあの雲のようなもの。光を塞（ふさ）ぎ、重く地上を覆い、民を縛り抑圧する。だが、宰相がいるから国として機能しているのもまた事実。

いつでも逃げられるようにはしておかなければならないが、果たしてここから翼を広げて監視の楊近や暗魅を振り切って逃げられるかどうかはわからない。楊近も腕の武器だけではなく、腰に刀を下げている。若くはないが、この男は相当な手練れだ。

「やはり冷えますね。部屋に戻ることにしますか」

「はい、そのほうがよろしいかと」

すぐさますすめてくる。羽付きを外に出すのは、楊近のほうも最大限の警戒が必要だっただろう。

上空から見たのと合わせて、これで城の地図は頭に入った。

（あとは柳簡が盗んだという〈光〉とやらに会いたいものだ）

おそらく、あそこにいる。

裏雲は一度振り返り、鉄格子の窓を改めて確認した。

3

王都郊外にやってくると、飛牙は一番高い木によじ登り始めた。

目的は鳥だ。暗魅が城に侵入しづらいとなれば、動物を使うしかない。獣心掌握術の使いどころだった。

鳥は基本的に冬眠しない。渡り鳥になって南下するものも多いだろうが、飛んでいる鳥がいないわけではなかった。城の上空にも鳥はいた。おそらく暗魅には警戒しても、普通の生き物までは警戒していない。

飛牙は限界まで上に登り、空に片手を差し出した。

(頼む、来てくれ)

寒さに震えながら、鳥が手に乗ってくれるのを待つ。

術をかけ続ければ通年にわたり使役するのも可能かもしれないが、それは動物の意思ではない。どんな術も調子にのれば足下を掬(すく)われる。王太子の頃の教官が、よくそう言っていた。

(来た!)

裏雲のことだからうまく立ち回っているとは思うが、それでも早く会いたかった。もっとも侵入したところで翼もない身では足手まといになるのかもしれない。

見たことのない鳥だったが、寒さに備え丸々と太っている。うまい具合に、手の甲に留まってくれた。

「ありがとな。ちょっと頼みがあるんだよ」

手に乗せたまま鳥を顔の前まで近づけた。

「いいか、あとで呼ぶ。口笛を吹いたらすぐに来てくれ」

鳥の額を人差し指で撫で、空に放してやった。

下準備ができたところで木から下り、宿へと戻る。

帰路、大きな学舎の前を通った。ここから多くの術師を輩出しているらしい。たいていは術官吏（じゅつかんり）となり、国防を担うのだという。その連中が見えない障壁を作り国境を守っているのだろう。ちなみに術を私的に使うことは禁じられている。彼らは兵士なのだ。

「知ってるか、北部鉱山で多数の死者が出たらしい」

「ああ、あそこにだけは配属されたくないよ」

そんな会話をする生徒たちとすれ違った。

肉体労働をするのは罪人や出稼ぎ労働者だとしても、当然役人が監督する。そこに赴任させられたくないということだろう。

気象条件の過酷さでは駕国は文句なく筆頭だ。徐国も干ばつになりやすいが、高い山でもなければ外で寝ても死にはしない。

（だからこそ、反乱軍の遠征も簡単に野宿で乗り切れたわけだ）

そうして国は滅んだ……何がいいのか悪いのか世の中はわからない。

術の学舎の隣には技術者を育てる学舎もあった。こちらは掘削機器や農業工具、そして兵器武器の開発が目的だという。他の国では技術者も徒弟制度だ。駕国はこういうところが抜きんでている気がする。

（国境地帯に置かれていた投石機は見事なものだった）

術だけではないのだ、この国は。

飛牙は空腹を覚え、宿の近くの店に入った。昼間から飲んだくれている親爺たちが何人もいた。寒いと酒に依存することが多くなるようだ。また、あまり日の照らないこの国はかっけなどの病気も多い。もっとも寒い分、感染症や食中毒などは少ないという。

「いらっしゃい、何にします？」

女給仕が注文を取りに来た。

「うまくて喰いでのあるやつ。任せる。なあ、あれ両陛下だろ」

壁に飾られていた絵を指さす。

「そうよ、十年ちょっと前の絵だから、今はもっと大人でしょうけど。その質問ってば、また田舎から来たお坊ちゃん？」

またという言葉に飛牙はすぐに反応した。

「似たような奴がいた？」

「いたわ、すごい色男。お客さんも負けてないわね。なまりの感じも似てる。同郷なんじゃないの」

「かもな。知り合いだったら会いたいな。どこにいるか知ってるか」

「近くの宿でしょ。一度来たきり見てないわね。お礼を言いたかったんだけど」

「お礼？」

「両想いになる術を教えてって言ったら、あなたならそんなものは必要ないって。本当にうまくいったわ」

いかにも裏雲が言いそうで、少し笑ってしまった。

「じゃ、美味しいもの持ってくるわね」

絵を眺めながら、飛牙は料理を待った。

十五、六だろうか、幼い夫婦は愛らしいが、どこかうつろな表情をしていた。王様は病に伏していて、宰相がすべてを取り仕切っているというが、果たして何が目的で誘ってきたのか。

（だが、術で障壁を作るというのはたいしたもんだ）

これほどの防御はない。駕国がそれをやることを悪いとは思えなかった。それができたなら徐国も城を守り通せたのかもしれない。

「ま……今更だな」

たぶん後悔や未練は一生消えない。何故なら、無残に死んだのは自分ではないからだ。

「はい、お待ちどおさま」

料理が運ばれてきて、飛牙は目を輝かせた。

「おおっ、うまそ」

「でしょ。で、田舎から何しに来たの？」

「物見遊山かな」

食事を口に運びながら適当に答える。

「捕まるわよ、そんなこと言ってたら。北の鉱山に送られちゃうから」

「そりゃ怖いな」

「近頃、城の周りで変なことが多いみたいだから、警戒もしてるんじゃないかと思うのよね」

「変なこと？」

女給仕は声を潜めた。

「王宮に空から光が降りてきたって話よ。あと見たこともない獣が塀の上で猫と喧嘩してたとか」

獣と猫とやらは、宇春が侵入しようとして怪我をさせられたことだろう。光のほうが気になる。

「光ねえ、そりゃ天の祝福かな」

「こんな国にそんなものあるわけないでしょ。きっと他の国ならあるのかもね」

女は鼻で笑った。どこの国の民も本音では自国に不満たらたらと見える。

(統治するほうも大変なんだぞ)

と胸の内だけで済ませておく。

王政側も人間だ。それでも国を良くしたい気持ちで動いているのは間違いない。やったことが正しいか否かは後の世の者たちに判断してもらうしかないのだ。

食事を終えると、すぐに宿に戻った。

「みゃん、ただいま」

猫は大人しく布団の中で丸くなっていた。まだ傷が癒えていない。

「無理せず動かず、大人しくしてろよ」

寝台に腰かけ頭を撫でてやる。みゃんは気持ちよさそうに目を細める。暗魅とこんなに仲良くなれるとは思わなかった。

「俺、今晩城に潜り込んでみるわ。うまくいくかどうか、わからないけどさ」

猫が顔を上げた。たちまち人の姿に変わる。

「わたしも行く」

言うと思った。

「ついてくるなよ。死なせたらあいつに顔向けできねえからな」

「わたしは裏雲の一部だ」

「暗魅ってそんなに忠義を尽くすのか」

「自分のことを暗魅だと思ったことはない。わたしは裏雲の猫だ」

なにやら深いことを言われた気がする。

「あいつ、白鴉の暗魅を死なせたことを気にしてたぞ。おまえにまで逝かれたらまた病んじまう。頼むから大人しくしてな」

猫娘は納得しがたい顔をしていたが、不承不承肯く。

「なあに、必ず連れて戻ってくるから心配すんな」

飛牙はそのまま布団に潜った。夜まで一眠りするつもりだった。宇春も人のまま布団に潜り込んでくる。

「こらこら。猫に戻れ。俺は妻帯者だぞ」

サイタイシャの意味がわからなかったようだが、宇春は猫に戻った。

(寝台は一つしかないからな。猫も大事な暖房だ)

毛玉のようなみゃんを抱え込んで、そのまま眠りについた。


その夜。

冷え込みに備え厚着をしたが、それでも隠しきれない部分が凍りつくようだった。おそらく睫も凍るだろう。

城壁のもっとも警備の薄いところはある程度調べがついていた。捕まっても北部送りや死罪にはなるまい。なにしろ招待したのは向こうだ。

「ここまででいいぞ。もう帰りな、傷に障る」

王城を囲む塀の近くまでついてきてくれたみゃんにそう言った。

「飛牙も怪我をしているではないか」

「あ、ああ。かすり傷だよ。治りかけている」

「やはり私も……」

ついていくと言いたいようだ。

「認められない。俺はあいつから根こそぎ全部奪っちまった。そのうえ、おまえを奪うわけにはいかねえんだよ」

「……わかった。では頼む」

みゃんは深々と頭を下げた。

猫娘が去っていくのを見送ってから、飛牙は口笛を吹いた。すぐに昼に術をかけておいた鳥がやってくる。

「こいつをこの上に引っかけてくれるか。見張りがいないのを見てからな」

かぎ爪（づめ）になった金具を取り付けた縄を渡し、あとは見守る。鳥は高く上がり、指示どおり辺りの様子を見計らってから金具を塀に引っかけた。

「よさそうだな」

縄を引っ張り、落ちてこないことを確認する。

雲の上にうっすら月の光が見える。完全に隠れるのを待って、飛牙は壁を登り始めた。みゃんを襲った紫猿が来る気配はない。やはり暗魅の臭いを嗅ぎつけてのことだろう。壁の上まで登り、下の様子を窺う。

(いないな……)

庭は一面雪だから、足跡はついてしまうだろう。このあとも雪が降ってくれればいいのだが、そこまでうまくいくかは予見できない。

かじかむ指に息を吹きかけ、城の庭へと降りていく。足跡が見つかりにくいよう木の陰を進み、裏手に回った。おそらく厨房だろう、錠前がかかっている扉を見つけた。さっそく、こそ泥よろしく鍵を開けにかかる。

(くそ、暗いな)

悪いことは一通りやってきた。たいした鍵ではないが、寒さで指もうまく動かない。カチャカチャとかすかな音が鳴るばかりで、思わぬ苦戦を強いられていた。

急がなければならない。いっそ屋上から侵入するかとも考えたが、もう一度あの鳥を呼ぶには口笛を鳴らす必要がある。この中でやるのはまずい。

南羽山脈を越えたときも寒さには苦労した。いかに南といえど高い山の冷え込みは半端なものではない。だが、さすがに駕国の寒さはひと味違った。

そのとき、上から縄が落ちてきた。はっとして見上げるが鳥も人もいない。脇に置いてあったはずの縄がなくなっているところをみると、これは飛牙が持ってきたものだ。

「……なんで？」

不思議に思ったが、考えている猶予はない。そのうち見張りがこちら側にも回ってくるだろう。

一か八か。飛牙は縄を手に取り屋上へと登った。

「誰もいないよな……」

となれば術しか考えられない。もう露見していて、汀柳簡に招かれているということだろうか。行くしかないかと腹をくくる。

屋上から降りていく扉には鍵がかかっていなかった。ここからなら簡単に王宮へ入り込むことができた。

（どこかで兵か官吏の着物でも手に入ればいいんだが）

背中が痛んだ。傷口が開いてなければいいが。痛みをやり過ごすために、飛牙は階下に降りる前に一度階段に腰をおろす。

――まったく、何を休んでおるのか。

「あ？　うるせえよ。こっちもけっこう無理してんだよ」

そう答えてから、ハタと気付いた。

今のは誰だ？　声じゃなくて頭の中に入ってきた。こんなことができるのは――

「那兪？」

振り返ると肩に青い美しい蝶が留まっていた。この極寒の中、飛べる蝶など天令以外にはない。

――こやつ？

「何がこやつだ。俺がどんだけ、心配してたと思うんだ、このチビ天令。とっとと餓鬼の姿になりやがれ」

怒鳴りたいところだが、そこは抑えた。何はともあれ、那兪が帰ってきてくれたのだ。

蝶はすっと飛び上がると、弱く光を放ち人の姿に変わった。紛れもなく、あの生意気な銀色の髪の少年の姿がそこにあった。

「なにゆえ、天令とわかり、私の名前を知っているのだ」

「何、寝言言ってんだよ。無事なら無事って早く知らせてくれてもいいだろ」

少年は眉間に皺を寄せ、首を傾げる。

「私がそなたに何を知らせねばならぬのだ。たわけたことを申すな。だいたい、城に忍びこむなど何者だ」

飛牙はあんぐり口を開けた。話が嚙み合わないと思ったら、那兪はこちらを覚えていな

いのだ。

「あ……俺は飛牙っていうんだが」

「知らぬ」

「またの名は徐国の寿白王太子。それも知らないか」

　今度は那兪が目を丸くした。

「寿白……？　私が玉を授けた、あの寿白王太子だというのか」

　信じられぬというように、まじまじと顔を近づけてくる。

「おかしい。もっと品のある少年だったはずだ。しかもそなたには玉がない」

「そりゃ悪かったな、品を維持できる余裕がなかったんだよ。玉はおまえが取った。一緒に庚（こう）から国を取り戻したじゃないか」

　那兪は激しく首を振った。

「そんな覚えはない。だいたい、天令がそんな大それた干渉をするわけがない。そんなことをする天令がいたとしたら大馬鹿だ。徐国は寿白の弟が取り戻したのではないのか」

「おまえ、俺と再会してからの記憶がないんだな。それ、天にやられたのか」

　明らかに困惑を見せる那兪の手を取り、飛牙はじっとその目を見つめた。

「一緒に国を取り戻して、燕に行って、越にも行ったろ。そこでおまえ、光に連れていかれてさ。俺たちいい相棒だったじゃねえか」

「知らぬ……そなたの言うとおり天が何かしら記憶を消したのかもしれない。だが、それは不必要だからだろう。そなたとの時間は私にとって害があると判断したのではないか。とにかく滅んだ国の復興に力を貸すなどありえぬ」

そこらへんはとことん忘れているらしい。腹立たしいが、天が悪しき記憶と判断したということになるのだろう。

「すげえ、むかつくな」

「天に何を言うか」

「だってよ、我を目指せって言ったのは天だぞ。それなのに人のこと、関わったらいけない悪党みたいに。なんだよ、それ」

どうにも納得できない。まるでいいように振り回されているかのようだ。

「天がそんなことを言ったというのか」

「そうだよ。おまえの口で言ったんだよ。意味わからねえ」

那兪は絶対にありえない、と首を振った。

「そんな話は聞いたこともない。そなたが出任せを言っているとしか思えぬ」

ふんと顔を背けた。いっさい、認める気はないらしい。

よほど頭に来たのか、那兪は顔を背けたまま沈黙していた。どうしたことか、突然がくんと首が落ちる。

「お、おい？」

「我を目指せ……我に代われ……我に……」

いきなりアレがやってきて、飛牙は思わずのけぞった。

「あ、あの……それは天の声かな」

「救ってみよ……大いに干渉せよ……人の子よ……我を目指せ」

那兪がふざけるわけがないのだから、これは天令の口を借りた天の言葉としか考えられない。

「いや、それってどういう――」

意味だよ、と訊く前に那兪の顔が上がった。ありありと戸惑いの表情を見せる。

「私は……何を言った？」

「覚えてないのか」

「なんとなくはわかるが……ありえない」

那兪は震えを抑えるように、自分の両手で肩を抱いた。

「そなたの言っていることは本当なのか」

「面倒だから、まずそこは認めろ」

得体の知れない者を見る目で少年は睨(にら)んでくる。

「……何者だ？」

「だから、今は飛牙で、元寿白だって言ってんだろ」

「私が見守り、玉を授けた寿白王太子は聡明(そうめい)でひたむきで透き通って輝いていた」

「おまえまで裏雲みたいなこと言うんだな。確かに汚(きた)ねえ生き方を覚えたよ。ああ、詐欺師で間男で種馬だよ、あとなんだ、ヒモ亭主か」

　少しヤケクソになっていた。

「そんなにひどいのか」

「うるせえ。でも、全部ひっくるめて今だ。今は頼まれもしないのに、おまえと裏雲を助けられないかってじたばたしてるだけの男だ」

「裏雲とは誰だ」

「趙(ちょう)将軍の息子の悧諒(りりょう)。黒翼仙になった」

　那兪は顔をしかめた。

「……そっちもそんなにひどいのか」

「裏雲はひどくねえよ」

　たとえ天令にでも裏雲を悪く言われたくなかった。

「確かに寿白殿下の面影は少しあるように思うが……」

「おまえにも俺が知ってる天令の面影があるよ。まずはほぼ初対面ってことでいいさ。お互い何しにここに来たのか話そうか」

那兪はこくりと肯くと飛牙の隣に座った。

「俺を知らないならなんで縄を投げて助けたんだよ」

「どうせこそ泥だと思った。なら、たいしたことはない。どっちにしても捕まって殺されるのが目に見えている。しかし、まさかあの寿白殿下とは。まずいことになったのかもしれない」

「そりゃ残念だったな」

今更那兪に寿白と呼ばれるのはこそばゆかった。

「とにかく、俺は裏雲を探しに来た。捕まったのか宰相と遊んでいるのかは知らないが」

当然裏雲のことも忘れているだろうから、細かい話は割愛した。

「私も同胞を助けるために来た。駕国の天令が捕まっている。そなたに騒ぎを起こされては困ると思ったから一応あの場は助けただけだ。しかし、話しかけたわけでもないのに聞こえてしまったな」

そういうことかと納得した。

「しかし、駕国が天令を捕らえているってえらいことだな。そりゃ天への宣戦布告じゃないか」

「そうだろうな。ここの宰相は半ばそのつもりなのだろう」

「それをしてこの国になんの得がある。他の三国まで巻き添えになりかねない」

徐国はもちろん、どこの国も建て直しに必死だ。天罰とやらが下ったらもう天下四国は終わってしまう。

「肥沃で温暖な土地を求めているのではないか」

天令はさらりと言ったが、つまりそれは、南に領土を広げたいと考えている、ということだ。

「冗談じゃねえ。ほんとに戦争になっちまうじゃねえか」

天罰でも戦争でも行き着く先は地獄ということになるのだろうか。

「つきつめればそうなるだろう」

「でも、ろくに兵力もないこの国がそんなことするのか」

「そこまで追い詰められているのかもしれない。それに術力は高い」

天下四国となってからは確かに国同士の戦がなかった。そのため軍事力は各国三百年眠っていたとも言える。しかしこの国だけが密かに古臭い戦法を捨て、独自の進化を遂げていたなら、少ない兵力で効率良く勝つ術や兵器を持ったというなら……

（天下四国は駕国に征服される）

天令まで監禁するということはそれだけの野心があると見たほうがいい。

「言っておくが戦になろうとも、絶対に干渉せぬぞ。今、私の仕事は思思を助けることだけだ」

記憶のあるなしにかかわらず、不干渉だけは宣言しておかないと天令様は落ち着かないらしい。

「それなら、俺たちの利害は一致している。協力し合って両方助けるってのはどうだ」

提案してみる。

協力しあうことは干渉に繋(つな)がらないか、銀色の頭の中で考え込んでいるようだった。こうしてみると那兪は何も変わらない。忘れられているかと思うと悔しいが、何度でも積み重ねていけるはずだ。

「よかろう。今回は非常事態だ。大局のためなら多少の干渉も許されると思う」

「じゃ、どちらに先に行くかだが――」

奪還作戦の綿密な打ち合わせに入った。

第三章　奪還

1

夜も更けた頃、裏雲(りうん)の部屋を訪れたのは汀柳簡(ていりゅうかん)だった。

部屋に入れないという選択肢は端(はな)から与えられていない。快く招き入れた。

「今夜はなんの講義ですか」

柳簡は知識をもたらしに来る。長く誰にも伝えられなかったことが、彼にとっての抑圧だったに違いない。

「歴史はどうだ」

「何者にも肩入れをしない俯瞰(ふかん)した歴史なら価値がありますが」

歴史ほど主観の入りやすい学問はない。少しでも主流に異議を唱えれば異端であるかのように罵(ののし)られる。異説を受け付けず、半ば宗教と化してしまう。

「そのとおりだ。だが、そなたは鵜呑みにするほど愚かでもあるまい」

どうぞ、と老人のために椅子を引いた。

「そなたは知恵者よ。情報の中から役にたつものを掬い取ることができる」

「聞きましょう」

向かい合い、裏雲はゆっくりと構えた。

「天下四国がいかにして成り立ったかは存じておろう」

「多くの国が乱立し、長い泥沼の戦が続いた。見かねた天が四人の傑物を選び出し、四つの国となった――ですか」

そこまで干渉してしまったため、それ以後は自制しているのだと。

「簡単に言えばそういうことだ。しかし、当然のことながら始祖王の苦労は並大抵のことではなかった」

「そうでしょうね」

天に勝手に決められたところで、始祖王は皆若造だ。それまで我こそはと王を名乗っていた者たちが納得するはずもない。建国を宣言したあとも激しい内戦は続く。荒れ果てた大地を田畑にし、街を築き、天下四国がなんとか平定したのは王が二代目となってからのことだという。

「始祖王は皆、苦難の連続であった。だが、まだ他の三国は良いほうだ。この極寒の駕国を与えられた丁海鳴（ていかいめい）はどれほどの艱難辛苦（かんなんしんく）を乗り越えねばならなかったことか。天は何故（なぜ）こんな地を治めよと命じたのかと恨むこともあっただろう」

「駕国の始祖王は、三十にもならぬうちに崩御されたのですね。ご苦労が祟（たた）ってのことでしょうか」

「さよう。血を吐きながら最後まで国政にあたったが、無念の死を遂げた」

　駕国の歴史はほとんど知られていない。裏雲が知りえたことも白翼仙（はくよくせん）の知識を受け継いでのことだった。

「二代目の王は幼かったのですか」

「わずか五つであった。ゆえに、宰相が実権を握り、政務を行うしかなかった。そこからも難儀は続く。これほど寒い土地では作物も限られる。北部に資源があるのはわかっていたが、採掘するのは命がけだ。民を兵にできる余力はない。おのずとこの国の方向性は決まっていった」

　呪術（じゅじゅつ）と技術。本来、相受け入れることのない二つが国防の指針となっていく。これらを他国に流出させないため、そして民を他国に逃がさないため、駕国は閉じられていったわけだ。

「しかし、それもそろそろ限界がきたようだ。そなたならどうする」

「他国への侵攻ですか」

「一つの国だったこともある。戻って何が悪い。征服ではなく統一だ」

「天がこの地を四つにしたのは、安定を求めてのこと。大きすぎても細かすぎても良くないとの判断のうえではありませんか」

天をかばうわけではないが、そのあたりは妥当な判断だと思っている。

「面積には大差がないかもしれないが、中身はあまりに違いすぎる。他の国ならば浮浪者でも生きていけるだろうが、この国ではそんなことをすれば必ず凍死する。南下せねば駕国は滅ぶ」

「私に他国との戦争を手伝えと？」

「さよう。術師を率いる指揮官が足りぬ。そなたほどの者はおらぬだろう」

「しかし、私は余命一年」

「私に任せればすべてがうまくいく。手を組もうではないか。そうそう、越国から寿白殿下が消えたらしい。重傷だったのであろう、春まで動かぬと高をくくっていたが、じっとしていられなかったようだな」

裏雲は息を呑んだ。

「……殿下が」

治るまで動くなと言い付けたはずなのに、どうしてこうも言うことを聞かないものやら。

「暗魅を見張りに残しておくべきだった。こちらに向かっているのか、それともすでに王都に入ったのか。一度、見失うと探し出すのに時間がかかる」

探す必要もない。なぜなら殿下は間違いなく城へ向かうだろう。

（私が城にいると考え、必ずここにやってくる）

そのことを思うと、裏雲の心は乱れた。

殿下は徐国の前王で、天下四国の英雄だ。そんな人物が汀柳簡の手に堕ちれば地上は絶望に溢れる。この男の狙いはそこにあるのか。

「そろそろ色好い返事をくれぬか」

「今は北部鉱山のほうが問題ではありませんか。それにどのみち春までは動けない」

「国境地域の雪解けとともに進軍を始めたい。まずは燕国だ。この体が動けるうちになんとかせねばと思っている」

老人は白濁した目を細めた。

「片足が悪いようですね」

「どこもかしこもだ。人とはもろいものだな。では、あと三日で決めてくれ」

汀柳簡は立ち上がった。

「否と申せば、私はどうなりますか」

「どうもならん。我が国から出ていって翼のさだめによって死ねばよい。ただし、寿白にはいてもらうがな」

それは殿下が人質になるに等しい。

「それに……そなたは結局私のものになる」

柳簡が出ていった部屋で、裏雲は頭を抱えた。別に天下四国が駕国によって統一されたからといって、それがどうしたとは思う。歴史とは動くものだ。その動く歴史に関わることができるというのは悪い話ではない。しかも生きる術をくれるという。

(面白そうな話だ)

だが、殿下は嫌がる。

せっかく取り戻した徐が失われるのは耐えがたいだろう。妻の国である燕も、義兄弟と大叔母のいる越も同じだ。

あちらこちらで築き上げた縁を殿下は見捨てない。

「どうしたものかな」

裏雲は歩き出すと寝台の陰に隠れていた蜥蜴に手を差しのべた。

「おいで。普通の蜥蜴じゃないことはわかってる」

少しずつ、手懐けておいた。

柳簡が使役している人花だが、向こうも月帰を奪い、挙げ句に殺したのだ。遠慮はいらない。

「君も退屈だろう。少し話さないか。大丈夫、私は襲ってこない限り暗魅を殺したりはしない。話し相手になってくれ」

　女を恋に誘うように優しく話しかける。

　蜥蜴は寝台の奥深くへと隠れてしまった。失敗かと思ったとき、人の姿が現れる。驚いたことにそれは十七、八ほどの若い男だった。男の人花は珍しい。黒い髪が片方の目を隠しているが、さすがに綺麗な顔立ちの若者だった。

「……正体がばれてしまったら、殺される」

「宰相にかい？」

　蜥蜴の若者はこくりと肯いた。

「月帰を殺した。他にも……」

　暗魅はたとえ主人を持っても魂は自由だ。それが恐怖で縛られている。

「彼の片腕になるか、ここから逃げるか。いずれにしろ、君を守ろう。名前はあるかな」

「……虞淵」

「良い名だ。では聞かせてくれ。わからないことはわからないで、答えづらいことは言わなくていい。宰相は天令を捕らえているのか」

　虞淵は押し黙った。答えづらい、つまり肯定したということだ。殿下を通して天令と知り合った裏雲が〈光を盗んだ〉で考えつくのはそこだった。実際、裏雲も那兪を閉じ込めたことがあるのだから、汀柳簡も同じことをしたということだろう。

　つまり後戻りできない立ち位置にいるのだ。本気が知れるというもの。

「わかった。もういい、部屋にいるときはくつろいでいてくれ。私がもし逃げるときは一緒に来ればいい」

「……いいのか」

「自由だから暗魅だ」

　黒翼仙（こくよくせん）は後天的暗魅のようなものだろう。死ぬときは生きた痕跡（こんせき）も残さず、焼きつくされる。

「ところで私は少し部屋の外を歩きたいんだが、そういうときはついてくることになっているのだろう？」

　夜は歩くなと言われているが、言うことを聞く気はない。この場合、彼はこっそり尾行するのが務めだろう。

「出てはいけない」

「宰相閣下は隠しごとが多い。そこがわからなければどうするべきか決められない。これは天下四国の崩壊という大事だ」

　あまり事情がわかっていない虞淵は首を傾（かし）げた。暗魅にとっては人の歴史など意味がないだろう。それでも虞淵は蜥蜴の姿に戻ると裏雲の背中に張り付いた。本能で生きる暗魅は自分に正直でいい。

（もう少し、宰相とは話したかったが……監禁されていては分が悪い）

裏雲は指を嚙むと卓の上の布巾に血をつけた。これで一度だけだが、連絡をとることができる。しかも交信できるのはこちら側からだけだ。

「……雪か」

窓の外では見張りの松明が雪を照らしていた。今夜は少し積もりそうだ。

裏雲は蜥蜴とともに部屋を出た。暗い廊下は何度見てもあの世に続くようだった。

2

同じ頃、飛牙と那兪もまた駕国王城を進んでいた。

蝶になった那兪が廊下を先に進み、人がいないかを確かめる。そのあとを飛牙が続いていた。

すっかり忘れられてしまったが、それでも那兪と一緒にいる安心感は大きい。天は飛牙との記憶を害悪と判断し、那兪を〈矯正〉したのだろう。少なくともそれで堕ちた天令の末路から逃れられたというのならよかったのかもしれない。

（しかし、天の考えていることはわからねえ）

まるで悪い友達扱いされているようで、面白くなかった。

蝶が動きを止め、壁に張り付いた。人が来るという合図だ。飛牙も急いで陰に隠れる。こっちに曲がってこられるとまずいことになるが、見張りの兵はまっすぐに通り過ぎた。まずは安堵する。

——思思はこっちだ。

蝶に案内され、天令の部屋へと向かう。

飛牙としてはもちろん裏雲を優先したかったが、生憎彼の部屋はわからず、天令を先に助けることになった。

ただし、天令は戒めの首輪をされており、それをこの場で外すか、一旦そのまま連れて逃げるかを決めなければならない。光となって首輪をした天令を運ぶのは無理だという。

(娘っこを連れて、ここから逃げるのはかなり難しいぞ)

今夜のところは裏雲を諦めるしかないだろう。そのあと天令二人の協力があれば改めて助けにくることは可能だ。

——こんなところにもあるとは。思った以上に、天令の拘束具は多かったのだな。

「昔のにしちゃ錆びてもいないよな、あれ」

声を響かせないために囁くように話す。

——あの呪文が彫られていれば錆びることはない。天令は死なないのだから、長持ちすることが肝心となる。

蝶と話しながら奥へと進む。

「捕まっている天令とは仲がいいのか」

――仲がいいとか悪いとか、天令にはない。思思は過ちの多い私のことを愚かだと思っている。

「そんな奴を助けるのか」

――天に命じられれば、それは絶対だ。

「なんでおまえ一人なんだよ。他にも天令はいるんだろ」

――天がお決めになったことだ。

一時期は天の考えがわからないと悩んだりもしていたが、天の忠実な僕は再び疑問を持たない存在に戻ったらしい。

「前に入ったんだろ。また光になって入ればいいんじゃないのか」

――光も侵入できない。思思の部屋は術によって天令の侵入ができなくなっている。

「じゃあ正面突破しかないわけだ」

――鍵は開けられるな。

「任せておけ」

外と違って指が動かないほど寒いわけではない。

わした。「わりぃな。ちょっと休んでろ」

見張りを廊下の隅に置き、飛牙はさっそく錠前を開けにかかった。那兪がわずかに発光して飛牙の手元を照らす。

「蛍みたいだな」

——いいから急げ。

「もう終わったよ」

細い金属の棒一本で鍵を外すと、飛牙は静かに錠前を下に置いた。

ゆっくりと扉を開ける。

「今夜はおまえと話す気はない、戻れ」

中から若い女の声がした。

「思思、私だ」

人の姿になった那兪が部屋の中に入っていった。

「那兪……来たか。その男は？」


——この棟の三階だ。

暗い渡り廊下を蝶と進む。宰相の専用棟は人の気配がなかった。

渡り廊下は本館の二階と塔の二階を繋ぐ。階段を上りかけたところで見張りの兵に出くわした。声を上げられる寸前、飛牙は見張りの腹に拳を埋め込んだ。

銀髪の少女が駆け寄ってくる。

「助っ人だ。徐国の寿白殿下」

「なんと。徐国を取り戻し、英雄と呼ばれる寿白殿下だというのか」

そのあたりは宰相から聞いていたらしい。

「そなたが英雄？」

那兪が振り返った。

「そういうことになったらしい」

「さっき、言わなかった」

「自分で言うほど厚かましくねえよ。いや、まあ、開き直って言うときもあるが。とりあえず今は飛牙と名乗ってる。そっちで呼べ」

「……飛牙か」

那兪はその名を聞き、考え込んだ。

「そんなことより、ここでそのごつい鉄の首輪を外すのは無理なようだな。完全にくっついてる。一緒に逃げるぞ」

「できるのか」

少女は人間ごときがと言いたげに顔を見上げてきた。姿形は花のようだが、天令は皆、こんなふうに高飛車なのかもしれない。

「捕まりそうになったら、那俞が光を放てばいいだろ」

「だがそれは……」

思思は躊躇(ためら)った。

ここの宰相は少女の細い首にこのようなものをはめ、何十年と閉じ込めていたのだ。天令であれ、人であれ、ひどいことをする。那俞の仲間でなくとも助けてやりたかった。

「もはや気にしている場合ではない。ここで失敗すればさらに警備がきつくなるだろう。それに対抗するため天は腹をくくるやもしれぬ。だが、もし駕国を守りたい気持ちが少しでもあるなら天へ戻って交渉してみればいい」

「私が何を言ったところで変わるとも思えないが……それしかないか」

少女は納得すると部屋を出た。

代わりに見張りの兵を部屋に放り投げ、再び鍵をかけ直す。異変に気付かれないことが肝要だ。できれば、見つからずに城を抜け出したい。

蝶に戻った那俞が逃げ道を先導する。内側からなら外に出るのも難しくはないだろう。そこから壁を越えることになる。

音をたてずゆっくり降り、渡り廊下を戻っていく。洗濯場のある城の裏手へ抜けるつもりだった。

「急げよ、交代の時間だ」

「ああ、わかってる」

　廊下の向こうから男二人の声が聞こえてきた。見張りの交代の時間なのだろう。すぐに柱の陰に隠れ、兵たちをやり過ごした。

（閉じ込めてきた見張りがいなくなったことに気付かれる。急がないと）

　兵たちが見えなくなったところで、飛牙は少女を連れ先を急ぐ。

　そのときだった。

「すまんすまん、すぐ戻るから——うわあ」

　通り過ぎたはずの兵士の一人が戻ってきて、銀髪の少女と見たことのない男を見つけてしまった。

「おい、どうした」

　もう一人の男もこちらに戻ってくる。

「くそっ」

　すでに兵士の声が城に響き渡っている。天令を連れていては誤魔化すのは難しい。宰相も出てくるだろう。飛牙は少女の手を取ると走り出した。

「那兪、頼む」

　蝶をあとに残した。後ろで凄まじい発光が起きる。

「外に出るのだろう。どうする」

戒めをされた少女は走るのも遅かった。

「もう、強行突破しかないな。離れるなよ」

飛牙は右手に刀を握った。

「殿下、こっちだ」

声がして突然扉が開いた。

「裏雲、無事だったか」

会いたかったその顔に、飛牙は張り詰めていた顔を崩した。蝶が入ってきたのを確認すると扉を閉じ、中からかんぬきをかけた。

「春まで動くなと言ったのに私を追ってきたのか」

「おまえのそういう指示には絶対従わないんだよ、俺は」

裏雲の眉間の皺が深くなる。

「傷は……大丈夫か」

「うん、まあなんとか」

こんな状況でなければもっと怒っていたのだろうが、裏雲は諦めたように吐息を漏らす。

「その娘は天令だな」

「俺はおまえを助けに来た。那兪は仲間を助けに来た」

「そうか。宰相が捕まえたという天令に会えないかと部屋を出てみればこの騒ぎだ。仕方ない、こうなったら一緒に逃げるしかなかろう」

裏雲は観音開きの窓を大きく開けた。雪混じりの寒風が吹き込んでくる。同時に扉を破ろうと人が集まってくる。かんぬきは長くはもたない。

「先にこの子を抱いて飛んでいってくれ。那兪、俺を運べるか」

——やってみよう。

木材の折れる音がして、扉が破られた。

「那兪っ」

破られた扉の木片が蝶の那兪をかすめた。飛べなくなり、落ちてきた那兪をすぐさま拾いあげると、裏雲の袖に押し込む。

——すまぬ。

「気にするな、すぐに治るだろ。助けに来てくれよな」

武器を構えた数人の兵士がなだれ込んできた。

「裏雲、行けっ」

戸惑いを見せた裏雲だったが、二人を抱えて飛ぶことはできない。天令の少女を胸に抱くと部屋の窓枠を蹴った。黒い翼が広がり、夜の寒空に舞い上がる。

（……よし）

裏雲らの無事を確認して、飛牙は刀を捨て両手を挙げた。

「ほら、降参だから痛くするなよ」

そんな願いが通じるわけもなく、たちまち兵たちに腕をとられ、頭を床に押さえつけられた。兵士の一人がしゃがみ込んで目の前に剣先を突きつけてくる。

「おのれえ、何奴だ」

城を襲われ、殺気だった声をしていた。警備などの責任者なのかもしれない。

「これこれ。丁重に扱わぬか、私の客人だ」

老人の嗄れた声がした。

「宰相閣下のお出ましかな」

兵士たちの押さえつける力が弱くなり、飛牙は顔を上げた。

「さよう。我が城へようこそ。歓迎いたしますぞ、殿下」

老人の氷のごとき双眸に見下ろされ、飛牙は底知れぬ畏れを感じた。

3

「こちらは裏雲殿が使っていた部屋だ。遠慮なくくつろげばよい」

連れていかれた部屋はこざっぱりとしていた。ここに裏雲がいたのなら、ひどい目には遭わなかったのだろう。

「人質が入れ替わっただけか……」

「越の装束は無骨でいかん。あとで着替えを持ってこさせよう」

　飛牙はがっくりと寝台に腰をおろした。裏雲と違って両手は鎖で繋がれている。

「着物より、客人に手鎖(てぐさり)はないだろ」

「余裕をもたせておる。食事などには不自由あるまい。しかし、城に忍びこむとは殿下も趙(ちょう)将軍のご子息も実にやんちゃだのう」

　老人は白濁した目を細めた。

「しかもこの変な呪文。俺は天令じゃねえぞ」

　手鎖には天令の力を削(そ)ぐ呪文のようなものが刻まれていた。

「それをつけられた者は天令も光の力で連れ去ることができない。人にも使えるということだ。もっとも、人には初めて使う。そなたのように天令と昵懇(じっこん)になる者などめったにおらぬからな」

　用意周到なことだった。

「あんたが作ってるのか」

「教えてやろう。これは天令自身でなければ作れないのだ。宥韻(ゆういん)の大災厄を起こした天令も災いを招かないために自ら作っていた。しかし、天令は自分で自分にそれを科すことができない。誰かにはめてもらう必要がある。その誰かを探しているうちに間に合わなくなる。なにしろ相手が天令と知るとたいていは畏れ多くてそんなことはできない。堕ちた天令とは憐(あわ)れなものだな」

　那兪でさえ、そこまでは知らなかったはずだ。

「なんであんたがそんなことを知っている」

「大災厄の天令から聞いた」

　飛牙は目を丸くした。

「六百年以上前だぞ」

「力を使い果たしたとしても彼らは死ねない。中には央湖(おうこ)に身を投げた者もいるようだが、地上で数千年もひっそり生きる者もいるようだ。そういった者は普通の天令や翼仙(よくせん)以上に知識の宝庫なのだ」

　初めて聞く話に飛牙は言葉もなかった。

「……会えるものなのか」

「長く生きていれば、そういう機会にも恵まれる」

　老人といったところで八十前だろう。宰相として国を動かしていた男にそんな時間などあっただろうか。

「知ったところでそなたでは役にもたてなかろう。のこのこ城に入って捕まる程度の男

だ。さても人とは愚かよの。助けようとしては代わりに捕まる。そのくり返し」

「あんたも一応人だろ」

「どうであろうな。しかし、助ける必要などなかったというのに。どのみちあの男は私に仕える」

むかついたが、ここはこらえる。この爺さんからはまだまだ話を聞き出さなければならない。

「お招きしたのだ。正門で名乗ってくれれば開けたものを。それともこれが徐国のやり方なのかな」

「うさんくさい誘いには警戒するもんだ」

「友を救う方法を探していたのだろう。教えを乞うならもう少し謙虚になるべきではないかな」

飛牙は疲れたように笑った。

「長いこと天令を閉じ込めてたんだろ。爺さんこそ、謙虚になんなよ。あんたのせいで天下四国全域に災いが及んだらどうしてくれるんだよ」

「人のことを言えるのか。徐国を復興させるのに天令を利用しておきながら」

そこを突かれると痛い。

「我らは同じ穴の狢よ。もっとも私は鑑賞用に飾っておいただけだ。そなたよりましというもの」

いちいち腹のたつことを。

今、この部屋には二人しかいない。術師とはいえ、飛びかかれば勝てるはずだ。しかし部屋の外には兵が待機しているだろう。のらりくらりと会話をしながら、頭の中ではどうするべきか忙しなく考える。

「鑑賞用に小娘を閉じ込めるほうがよほど非道だろうが」

「天令にとってはわずかな月日だ。苦にもならぬだろうよ」

「天に喧嘩を売ったんだろ」

汀柳簡は笑って肯いた。

「そう受け取られても仕方がないのは理解しておる」

「意味がわからねえ。あんたはこの国の実質の王だろ。国を守らなくていいのか」

「討って出なければ守れぬものもある。徐国のように滅ぼしたくはないのでな」

飛牙は老人と睨み合った。

「呪術と技術、相反するものを活用していこうってのはすげえよ。でも、どこの国も他国を攻める気なんてねえ」

「そう。どこの国も傾きかけた自国のことで精一杯だ。だからこそ、こちらから仕掛ける価値があるとは思わぬか」

やはりそういうことかと飛牙は唇を噛んだ。この男の狙いは武力による天下四国の統一だ。

「駕も戦ができるほど豊かとは思えないがな。王都に来るまでに廃村をいくつか見たぞ。民は飢えてるし、冬を乗り切る薪にも事欠いている」

「この国はどこよりも厳しい環境にある。多くを救うには痛みを伴うものだ」

「あんたの野望を王様は支持しているのか」

老人は鼻で笑う。

「陛下は夢の中にいる」

「……あんたがやったんじゃねえのか」

呪術は権力の裏で暗躍する。権力者が呪術を畏れるのはそのためだ。

「陛下が幸せならそれでよかろう」

あっさり認めやがった。なんて男だ。燕の摂政でもそこまでのことはしなかった。

「夢の中にいたら世継ぎも作れないだろ。それでいいのか」

「ほう、心配してくれるのか。だが、私に抜かりはない。皆、私の手の上で踊る」

さも愉快だとばかりに老人は声を上げて笑った。

「俺を呼んだのはあんただ。何の用があるのか言いな」

「それはあとにしておこう。ずいぶん活躍なさったのだから、疲れておろう。今夜は休むといい」

　出ていこうとする柳簡を呼び止めた。

「黒翼仙を救う方法を知っているのか」

　老人は扉の把(と)っ手(て)に手をかけて振り返った。

「そなたがあの男と生涯一緒にいられる方法なら知っている」

　それだけ言って老人は部屋を出ていった。外側から鍵をかけられたようだ。天令の部屋にあったものと同じ錠前だろう。内側からはどうにもできない。

「……どういう意味だ」

　寝台に転がり、飛牙は爪(つめ)を噛んだ。

　生涯一緒にいられるってことは翼では死なないということか。黒翼仙を救う方法と何が違うのか。

　おそらく柳簡は裏雲を側近として重用したいのだろう。庚(こう)を滅ぼすだけの行動力、翼仙としての知恵、裏雲をほしがるのはよくわかる。

「じゃあ、俺はなんだ？」

　徐国の前王を味方に引き入れるのは悪くない。だが、言うことを聞くわけがないことくらいわかっているはずだ。あの男はこちらを偵察させていたのだから、燕や越との縁も知っているのは間違いない。

国家的な人質になるくらいなら死んだほうがましだ。そのくらいの意地はある。術で廃人同然にすることはできるだろうが、言いなりにさせるのは不可能らしい。できるなら王にでも誰にでもそうしているだろう。

いかに元王様でも、思いどおりにならない男に利用価値があるとは思いにくかった。

(俺はどうすればいい……)

駕国が侵攻を目論(もくろ)んでいるなら止めねばならない。手っ取り早いのはあの男を殺すことだ。だが、政治的立場のある〈寿白殿下〉がそれをやれば、今度は徐国による駕国への宣戦布告になりかねない。

それに柳簡は簡単に殺せるような相手ではない。だからこその自信だ。下手(へた)に動けば、こちらが術で殺されるか、王のように夢の住人にされるのがおちだろう。

こんなものをつけられていては那兪も助けられない。そもそも助けようとは思わないかもしれない。如何(いかん)せん、那兪には今までの苦楽を共にしてきた記憶がないのだ。捨て置かれてもおかしくない。

裏雲が来れば、それこそ同じことのくり返しだ。

「……寝るか」

翼も玉もないのだから、体だけが資本だ。

目を閉じると、どこからか女のすすり泣きが聞こえたような気がした。

4

翌日の昼のことだった。

扉の下の隙間に折りたたまれた一枚の紙が差し込まれてきた。中を開くと流麗な女文字で文章が書かれている。

「麗君……？」

もしかしてこれは駕国の王后のことだろうか。

〈この部屋に徐国の寿白殿下が監禁されたとの話を侍女より聞きました。本当なら申し訳なく思います。陛下は話すこともできず、わたくしにもなんの権限もありません。見張りの兵が交代するわずかな隙に、侍女に頼んでこの手紙を届けてもらうことにしました。夜にまた手紙を差し上げます。よろしかったらその手紙がきたら、すぐに扉の下にお返事を差し込んではいただけないでしょうか〉

飛牙は考え込む。

この手紙を信じてよいものだろうか。汀柳簡の罠ということも考えられる。手紙からはほのかに香の匂いがするが、あの男ならそこまで徹底しても不思議ではない。

しかし、王后だというなら応えなければならないだろう。とはいえ、この部屋に筆記具はなさそうだった。暖炉から焦げた木片を拾い、王后の手紙の裏に文字を書く。

寿白である――焦げた部分を使うだけでは、それくらいしか書けなかった。なんとかして筆を作れないかと、自分の髪を数本抜いてそれらしいものにする。あとは墨だが、これぱかりは見つからない。

「仕方ねえ」

左腕に噛みつき、血を即席の筆に吸わせた。これでなんとかもう少し書ける。

〈寿白である。宰相に捕まった。王后陛下、この国は他国を攻めようとしているのか。それはあなたの望みでもあるのか〉

なんとかそこまで書くことができた。挨拶や丁寧な言葉などに血液を使ってはいられない。

このことを他の三国に伝えられたら、戦備えくらいはできるだろうが、果たして全面的に信じてくれるかどうか。亘筧、甜湘、余暉は信じてくれるだろう。だが、どこの国の王も戦備えの強権を発動できるほどの力はない。

「まして燕は甜湘がまだ女王になってもいない」

地形や軍事力を考えれば、最初に狙うのは燕国ではなかろうか。

せめて那兪に伝えてもらうことができればいいのだが、それはかなりの干渉になる。天の命令により、天令を助けるためなら多少の無茶はありなのだろうが、他国に駕が攻めてくることを伝えるのは逸脱している。許されない干渉にあたるだろう。

せっかく記憶を消すことで一度は堕天を免れたのだ。それをまたさせる気か。

窓に鉄格子はないが、ここは三階。手鎖の状態で降りていくのは難しい。戦をするにしても春だろう。まだ時間はある。

焦るのはやめ、扉の下から紙が差し込まれるまで待った。

（来たっ）

二通目の手紙と入れ替わりに、飛牙は血文字の手紙を廊下側に差し込む。すぐに引き抜かれた。

これで文通はうまくいったということだろうか。飛牙は手紙を開いた。

〈陛下は宰相によって心を奪われてしまいました。宰相が捕まえた天令様を解放しようとしたためです。この国はもう終わりなのかもしれません。他の三国に併合されてしまうほうが民にとっては幸せなのではないかと思うこともあります。でもわたくしには終わりにする力もないのです。どうすれば寿白殿下をお助けできるのかもわかりません〉

王后がここまで書くとは驚きだ。今の状態より他国に併合してもらうほうがましだと考えているのだ。

とはいえ、どこの国も駕国を救う余力はない。

こんなことになってるのに天が不干渉を貫くというなら、もはや天下四国は終わるということなのだろう。また戦乱の世がくるのか。

（ま……仕方ねえか）

それが歴史の流れというものなら一介の風来坊が気を揉（も）んでもどうにかなるものではない。まずは裏雲を天に奪われないことこそ、飛牙にとっての第一であった。そのために玉座を蹴（け）ったのだ。

誰になんと謗（そし）られようと、それこそが決して曲げられない為（な）すべきことだった。

飛牙は部屋の中を歩き回り、何か使えるものはないかと探し始めた。なにしろ、食事は仏頂面（ぶっちょうづら）の楊近（ようきん）とかいう男が運んできて食べ終わるまでいて、すぐに下げる。陶器や箸（はし）などを残さないためだ。ああいうものは武器になる。

部屋にあるのは木製の湯飲みだけだった。これを加工するにも道具がない。それになくなれば徹底的に調べられるだろう。

窓から鳥を呼ぼうにも昨夜からの悪天候でむずかしい。八方塞（はっぽうふさ）がりだった。唯一見つけたものといえば抽斗（ひきだし）にあった奇風絵札の束だけだった。一人でも複数でもできる遊戯であり、訳あり客人の暇潰（ひまつぶ）しに置かれていたのだろう。

なかなか知恵のいる遊びで、徐の王宮でもよく嗜（たしな）んでいたのを思い出す。数字と絵柄の掛け合わせで、攻めたり守ったりできる。王族から庶民まで天下四国に広く浸透していた。

（悧諒とよくやったよな）

子供の頃を思い出すと、どうしても裏雲より悧諒という名前が出てくる。

普通の紙より硬い絵札を眺めているうちに、ふと思いついた。鎖で四隅をこすりさらに尖らせてみた。

（裏雲とずっと一緒にいられるってことは、助けられるって意味なんだろうか）

あの爺の言うことだ。素直に受け止めにくい。

絵札の四隅を何枚も尖らせながら、そんなことを考えていた。薪の燃える炎だけで、深夜になるまで作業していると、扉を叩く音がした。

「どちらさん？」

絵札を抽斗に戻し、扉に向かって大きな声を上げた。

「私だ」

汀柳簡の声がした。同時に鍵の回る音がする。

こんな夜更けてからやってくるとは何かあったのだろうかと、飛牙は身構えた。だが、絶対に動揺は見せられない。王后からの手紙はとっくに焼いてある。こちら側に文通の証拠はない。

扉が開き、駕国の宰相がお出ましになる。今夜は楊近も一緒に入ってきた。腰には剣を携えている。

「お似合いではないか。駕国の装束はどこの国よりも洗練されているであろう」

出された着物に着替えた飛牙を見て、うむうむと肯く。

「さあな、着物なんて尻が隠れて寒くなきゃいいんだよ」

「……苦労しすぎたようだな」

刺繡などは見事だが、もう少し防寒のほうに力を注ぐべきだと思った。逃げにくくするためにわざと選んだ着物なのかもしれない。

「年寄りは早く寝たほうがよくないか」

「忙しくてな、なかなかそうもできぬ」

座って話す気はないらしい。暖炉の明かりで片側を照らされた老人はひどく不気味で、この世のものとは思えなかった。

「若いもんに任せて、引退するってのはどうだい」

「それができればよいのだが。今夜は特に厄介ごとが起きてな。謀反人を処刑せねばならなかった」

飛牙は目を見開いた。

「なんだと……」

「残念なことに王后付の若い侍女が他国の王族と通じ、密書のやりとりなどをしてな。この国を属国にせんと目論んでいたのだ。恐ろしいことだ。いかに王后に泣いて頼まれてもこれだけは許すわけにはいかぬ」

　飛牙の唇は震えていた。

「……てめえ」

「本来なら王后も反逆罪により死罪は免れない。しかし、私がそこまでの決定をするのはよろしくない。国を動揺させるわけにはいかぬので、すべては侍女のしたこととして、死罪だけは免除するつもりだ」

　手鎖のまま飛牙は飛びかかりそうになったが、楊近がすばやく割って入る。

「下がれ」

　剣先を飛牙に突きつけた。

「これこれ。大切な客人だ、無礼のないよう」

　主人に言われ、楊近は一歩脇に退く。

「王后陛下の処遇については明日にでも改めてご相談したい。では、これにて」

　柳簡は扉の前で一度振り向くと、折りたたまれた一枚の紙をその場に捨てた。

「おお、塵が落ちてしまったな。すまぬが、燃やしておいてくれ。侍女が最後に持っていた手紙だ」

　それだけ言うと部屋を出ていった。

（最後の手紙……）

飛牙はその紙を拾った。

奴はわざと落としていった。これを読ませるためだ。恐る恐る、手紙を開く。短いその文章を読み終わると、飛牙の手から紙が落ちた。

そこにこう書かれていたのだ。

〈宰相に気付かれるやもしれません。手紙はこれにてひとまず最後にしたいと思います。お伝えせねばならないことがあります。これは駕国の王族と宰相の側近くらいしか知らぬことであります。あの男は汀柳簡ではございません。姿こそ我が大叔父の汀柳簡なのですが、中身は違うのです。大叔父は穏やかで素晴らしい方だったと聞いております。あの男は駕国の始祖王、丁海鳴です〉

あまりにもありえない名前に、飛牙は目眩を覚えた。

丁海鳴だと――？

第四章　嘆きの后

1

これが私の国。

若き術師、丁海鳴が治める駕国。

誇らしかったものだ。天に認められ、始祖王となり国を治めよと託されたのだ。

北の大地は厳しく、未だ世の中は内乱がおさまらない。だが、海鳴は希望を失ってはいなかった。

一つ一つ解決していくのだ。この身はまだ二十歳を一つ超えたばかり。始祖王の中でももっとも若い。先は長い、生きている間に王国の基盤を固め、それからゆっくり我が子に託せばいい。

若き王には溢れんばかりの未来があった。

困難に打ち勝つ自信もあった。

天の申し子とまで崇められた術の力。氷の彫刻と謳われた美貌。そして生来の王の器はどの始祖王も遠く及ばない。

駕国を一番にしてみせる。駕国に生まれたことを民は皆感謝するだろう。あのむごたらしい戦乱を忘れ、誰もが幸せになるのだ。

実際は茨の道であった。

王と認めないという反乱軍。作物が根を張ることすら拒絶する土。そして一年の半分はすべてが凍りつく。

二人の王子と二人の姫に恵まれたが、血を吐いて倒れたのは二十七のときだった。

(長くない)

そう悟った。

胸を患っていたのだ。

どうすればいい。残された時間はない。長男はまだ四つ。預けられるほど優れた側近も官吏もいない。

これからだというのに、駕国は終わるのか。他の国は順調に王国の基盤を固めているというのに。

あいつらの国は温暖だ。あいつらは死にそうにない。

何故、私だけ？

死を前に丁海鳴は天に向かって慟哭した。死ぬわけにはいかない。私はこの国を護らなければならない。

幼い我が子を抱きしめた。どうやって護ればよいのか。

（私には呪術がある）

死してなお生きる――そんな術があるではないか。

転生外法と呼ばれる禁断の呪術である。使ったことがある者がいるのかどうかも怪しい。それほどの術師などいなかったからだ。

この術は相手が血縁者でなければ使えない。

海鳴の血縁者は知る限り七人しかいない。四人の子供と祖母と弟と叔父だ。子供は幼すぎて論外。祖母は高齢すぎる。使えるのは叔父と弟だけだった。迷わず叔父を選んだ。なんの役にもたたない穀潰しだ。弟には側近となってもらうのがよい。

軌道に乗るまでだ。

我が子が王として成長すれば身を引こう。死出の旅路につけばよい。

そうだ、一時的なものだ。天に逆らうものではない。

倒れてから一年。いよいよ死ぬ。

弟には話してある。叔父を連れてきてもらい、術にとりかかった。護国安寧の祈願だと言ったら信じたようだ。

血と呪文……そして限界まで高めた意志。

私の体は死に、次の瞬間には肉体以外のすべてが叔父の体に入っていた。

翌日から私は幼き王の後見となり、宰相の地位についた。十年、二十年のこと。それまでに駕国は素晴らしい国になる。

……なるはずだった。


薬を飲み、体を休め、三百年間のことを思い出す。

子も孫も努力はしていたが、海鳴から見て満足できる王ではなかった。

丁海鳴はあと何年存在していればよいのだろうか。どこの国も始祖王など歴史の彼方の伝説だというのに、こうして血縁者に寄生して生き続けている。

かつての輝きも色褪せ、魂はすり減るばかり。

鏡には老人の下の男の顔が透けて見える。王の中の王と呼ばれた凜々しい姿も、今は冷たい疲れた目をしていた。

透けて見えるということはこの体が尽きようとしていること。

それまでにはめどをたてなければならない。寿白はそのために必要だった。あのなにもかも台無しにしようとする男を利用するのだ。

長かった。王族は消えかけ、民も疲弊しているが、燕（えん）に侵攻できるところまで整ってきた。だが、指導力のある者が少ない。軍を縮小したため将軍職を与えられるだけの人材にも事欠いているのだ。

知恵のある総大将が必要だった。

そのために裏雲（りうん）に白羽の矢をたてた。うまいこと寿白と裏雲、両方を呼び寄せることに成功した。

天下四国（てんげしこく）を駕国が統一する。それこそ我が悲願。

（それを見届け、消え去ろうぞ）

部屋の奥から着替えを持って戻ってきた楊近（ようきん）が宰相の姿を見てひれ伏した。

「お……お姿が」

宰相はすぐに気を張り、本体を隠した。

「見えてしまったか」

「は、はい。体が震えまする。それがしは神にも等しい始祖王陛下にお仕えしているのだと……まことその姿、天そのもののごとき眩（まぶ）しさ」

始祖王とはそれぞれの国の守り神なのだ。得体のしれない天などというものよりも、もっと具体的に神だった。

「かまわぬ、立て。我らの理想はすぐそこにある。私を支えてくれ」

ははっと楊近は額を床にこすりつけた。

「もったいなきお言葉。始祖王陛下のためならこの楊近、どんなことでもいたします」

「今の私は宰相汀柳簡(ていりゅうかん)だ。さて、王后(おうごう)に反省していただかねばな」

楊近は立ち上がり、はいと肯(うなず)いた。日頃は眉(まゆ)一つ動かさない男だが、忠誠心は誰よりも厚い。

「翠琳(すいりん)の処刑に泣き伏していらっしゃいます。もはや抵抗はなさらないでしょう」

「たかが侍女一人にそのざま。それでよう、寿白と連絡をとろうなどと思ったものよ。所詮(しょせん)、ぬるま湯に育ったおなごよ」

王后を切り捨て、宰相は着替えをした。

「だが、子は産んでもらわねばな」

地上は地上の神が支配する。

天などに干渉させるものか。

2

城から逃れた裏雲は王都相儀(そうぎ)の郊外に宿を取り、天令(てんれい)と暗魅(あんみ)とともに一つの部屋にいた。

「外せぬのか」

銀髪の少女が苛立ちを見せた。

「刀鍛冶のところにでも行くしかあるまい。ただ宰相がその手の工房を見張っているであろうから、離れたところに行かねばならん」

那俞は腕組みをして寝台に座っていた。可愛らしい顔が苦渋に歪んでいる。飛牙を犠牲にして助けられたものの、それで良かったとは思えないのだろう。今年の記憶を消されたようだが、持って生まれた性質までは天も矯正できなかったとみえる。

(殿下はどうしていることやら)

裏雲が思うことといえばそればかりだった。

「……早く光になりたい。たいした歳月ではないと思っても、やはり長かった」

思思は窓辺に立ち、灰色の空を見上げていた。

裏雲は猫を撫でながら面倒くさそうに振り返った。

「天令殿に一言ご提案差し上げてもよろしいかな」

「黒翼仙など穢らわしいが、助けられたのは事実じゃ。言うてみよ」

思思はふんと鼻を鳴らした。

「では汚れた翼からの戯れ言を申し上げましょう。首輪を外すことに躍起になっていらっしゃるようですが、問題はその鉄の輪ではなく、刻まれた呪文なのではありませんか。つまり、ヤスリでも使って一文字でも消してしまえば済む話ではないでしょうか」

そう言って裏雲は指ほどの大きさのヤスリを見せた。天令をここに置き、宇春(うしゅん)を迎えに行ったとき、手に入れておいたのだ。

「なんと……！」

「……そうか」

天令が同時に声を上げた。どうも天令というのは柔軟な発想に欠けるようだ。

「呪文を削るのは天令では無理だろう。やってくれるか」

那兪に頼まれ、肯く。やはりこちらの天令のほうが可愛げがある。

「では削ってみましょう。駕国の天令殿は寝台でうつぶせになっていただけますか」

思思は言われたとおりにすると、長い銀色の髪を寄せ、うなじを出した。鉄の輪が巻かれた華奢(きゃしゃ)な首はやはり痛々しい。

一文字分こすること四半刻(しはんとき)。少しずつ削れ、ほぼ刻まれていたものが見えなくなる。

「う……っ」

ようやく戒めの呪文は効力を失ったらしい。思思は起き上がると、戻ってきた力を試すように体を発光させた。

「外に光が漏れるとまずい。抑えろ」

那俞が慌てて雨戸を半分閉めた。

「戻っている……力が」

思思は愛らしい顔に歓喜の表情を見せた。感極まったように、両手で胸を押さえる。

「よろしゅうございましたね。その無粋な首輪は天に戻れば外してもらえるのではありませんか」

「穢れた黒き翼よ、礼を言う。私はようやく飛ぶことができる」

礼を言うのに、穢れたは余計だろうと思うが、天令とはこうしたものだろう。

「思思、蝶になってここから離れ、そこで光となってくれ。宰相にここをつきとめられては困る」

「天令万華であろうが。そなた天令としての自覚が足らぬぞ。これだから」

ぎりと同胞を睨むと、思思は窓を開けた。

「しかし、世話にはなった。那俞、一緒に天に戻らぬか」

「私は……残る」

「寿白が気になるか？　かまわぬが、不干渉の戒律は肝に銘じておけ」

それだけ言うと、思思は蝶の姿に変化した。

一度、那俞の肩に留まる。天令同士にしかわからない会話を交わしたのか、那俞は瞠目していた。

「……まさか、宰相が」

かすかな光の軌跡を残し、思思は窓から飛んで消えていった。王都から離れてから光となって天へ昇るのだろう。

「天令が二人もいると宇春も息苦しいようでね。まずは良かった」

裏雲の言葉に、猫も肯いていた。蜥蜴(とかげ)は部屋の隅からようやく顔を見せた。基本的に、暗魅は光の者が苦手だ。

「それは悪かったな。しかし、その暗魅を見ているとなにやら腹立たしいのだが」

那兪は宇春の側(そば)に近寄ろうとはしなかった。

「おや、記憶は完全に消えているわけではなさそうだ。残ったのも殿下への情かな」

「そんなものはない。が——借りは返したい」

愛くるしい少年は精一杯虚勢を張った。

「では、殿下をともに助けるということでよいのか」

「干渉にならぬ程度にやる」

それはかえって難しいのではないだろうか。しかし、天令には天令の都合もあるだろう。口は出さないでおく。

「ところで、さきほど駕国の天令殿は何をおっしゃったのかな。宰相がなんだと?」

「それは……重要機密ゆえ話せぬ」

「しかし、殿下救出のためには知っておくべきことでは」

そう言われると、那兪は難しい顔をして考え込んだ。

「言えぬ。ただ汀柳篇はただ者ではないということだ。とんでもない奴なのだ」

裏雲はなるほどと肯いた。

「駕国宰相の汀柳篇。なんとその正体は始祖王丁海鳴である。これで当たっているか？」

愛らしい少年はこぼれ落ちそうなほど目を丸くしていた。

「そなた……」

「師匠を殺して得た知識は豊富でね。転生外法という術だろう。翼仙ですら使えないほどの代物。だが、丁海鳴なら可能だった」

推論は間違ってはいなかったようだ。この天令の困惑を見ればわかる。

「そうなると、彼が私を助けられるという意味もわかってくる。彼の特訓のもと、同じ術を習得すれば翼に焼きつくされる前に誰かに乗り移れる」

始祖王丁海鳴は裏雲ならばそれも可能と見込んだのだろう。だが、誰にでも憑依できるわけではなかった。何か条件があるはずだが、そこらへんはあやふやだった。

「そなたはそれで満足なのか」

「どうだろうな。天を出し抜くのは小気味好いかもしれない」

天はそれでも無関心でいられるだろうか。

「そうやって生きながらえ、海鳴の手下になるというか」

「天下四国の統一……というより征服か。やりがいはある」

「不謹慎なことを申すな。天下四国は天の判断なのだぞ」

目を剥いても愛らしい。天令を所有したいと考えた丁海鳴の気持ちも、わからないではない。

「たかだか三百年。悠久の歴史の前にあっては通り過ぎる一節。それほど大切で、不変を願うなら天も干渉してでも止めるのではないかな」

天令と黒翼仙の議論には子猫と蜥蜴はなんの興味もなさそうだ。宇春には、蜥蜴の暗魅虞淵から目を離すなと言ってある。虞淵は海鳴に使役されていた人花だ。ついてきたのも罠という可能性がある。人花はそこまで複雑な思考や行動はしないものだが、警戒するに越したことはない。

「そなたが海鳴につくというなら、場合によっては敵対することになるだろう。私は天の一部だからな。一つ訊くが、寿白はそなたがそういう形で生きながらえることを望んでいるのか。そうとは思えぬ」

鋭いところを突かれ、裏雲は苦笑した。そう。問題はそこなのだ。おそらく、殿下の考える〈助ける〉とは違うはず。

「そこは考えねばなるまいな」

海鳴が殿下をどうするつもりなのかもわかっていない。

「……思思が天に戻ったようだ」

窓辺に立っていた那兪は安堵したように言った。無事に天の使命を果たしたのだ。これでとりあえず那兪が大災厄になる危険はなくなったのだろう。

「君も天に戻ったほうがよかったのではないか」

「私は寿白に借りを返す」

その発想がすでに天令ではないように思う。本来は天令は人間と対等などと決して思ってはいないからだ。

「では、策でもたてるとしようか」

「そなたは海鳴の申し出を受けるかどうか決めかねているのであろう。よいのか」

「少なくとも殿下を海鳴に利用されたくはない。海鳴のやり方で私を助けたいとも思ってないだろう。それなら、そこは切り離さねば」

殿下が王のような術をかけられなければよいのだが。おそらくあれはかけた本人でなければ解くことはできない。天は海鳴のやり方を本当に快く思っていないのか。そこまで不満ならもっと早い段階で手を打てたはずだ。

案外、天は海鳴が地上を統一するなら、それもよいと思っているのではないか。歴史となってしまえば、何がよくて何が悪いなど誰が判断できようか。

「天令殿もとりあえず私を信用していただかないと」

「寿白に仇なすことはしないだろう。だが、それ以外は信じきることはできない。私はそなたを知らないのでな」

この天令は殿下に再会してからの記憶を奪われている。当然、怪しげな黒翼仙との接点も失われているということだ。もっとも今まで、虫籠に閉じ込めたり足枷をしたりと、ろくなことをしていないので、忘れてもらっていたほうがましかもしれない。

「賢明だ」

「私は街を歩いてくる」

「怪我はいいのか」

城から逃げるとき羽に傷がついたはずだ。そのために殿下を連れてこられなかった。

「もうなんともない」

少年は銀色の頭に帽子をかぶると部屋を出ていった。

天令様はまだ何か重大なことを隠していると見える。

天の下僕と余命わずかな黒翼仙。殿下を助け出すという点以外は意見の同意は見られそうにない。

「虞淵、具合が悪そうだな」

部屋の隅から蜥蜴が這い出てきた。主人に訊かれたことに答えるため、人間の姿へと変わる。

「天令がいなくなればなんともない」

多少は慣れてしまった感のある宇春に比べると、やはり光の者が苦手らしい。

「宇春、悪いが彼をつれてこの部屋から離れていてくれ」

猫が頭を上げた。

「天令がいなくなったことだし、さっそく丁海鳴と連絡をとろうかと思ってね。虞淵は海鳴を見たくないだろう」

虞淵は怯(おび)えた顔をして肯いた。あれほど恐ろしい男を裏切ったのだから、それも当然だろう。

「それは月帰(げっき)を殺した男か」

猫も少女の姿に変わった。その大きな目に怒りを感じる。

「そうだ」

「そんな奴と仲良くしたりはしないだろうな」

宇春はじっと裏雲を睨んだ。天敵のような関係だったが、月帰とは長い付き合いだった。殺した相手が許せないのだろう。

「どうかな……約束できない。すまないが、今は言われたとおりにしてほしい」

猫娘は少しむくれたような表情を見せたが、蜥蜴少年を連れて部屋から出ていった。おそらく空き部屋で待機しているだろう。

「さて、始めるとしよう」

血のついたものを置いてきたことの意味はもちろん海鳴なら気付いている。こちらから連絡が来るのを待っているはずだ。

一人になった部屋の真ん中に立ち、右手の指二本で眉間に触れる。意識をおのれの血に飛ばす。これで一度だけその血を持った相手と話すことができるのだ。殿下にも一度やった。

越国で丁海鳴が使った技もおそらくこれと同じだろう。使役している暗魅に命じて、自分の血を二人の男につけさせた。ただ、あれだけの距離に自らの幻影まで送れるのは、あの男だけだ。

（城の中……奴の部屋か）

裏雲の意識はそこへ飛んでいた。

「現れたか」

老人は待ち構えていたようだ。他に人はいない。すでに人払いしていたらしい。

『気配を察しましたか』

丁海鳴ならそのくらいは当然だろう。

「私の下僕も連れ去ったか」

『虞淵ですか。彼は閣下より私のほうが好きなようです』

「人花など所詮使い捨てよ」

　月帰のことで挑発しているのかもしれない。もちろん、乗ってやる気はない。

『さて、私の殿下によもや手荒な真似(まね)などしていないでしょうね』

「寿白殿下は貴賓として滞在していただいている。しかしそなたたちは入れ替わっただけ。無駄なことをするものよ」

『天令を逃がしたのですから、閣下のほうが分が悪いのではありませんか』

　老人は余裕の笑みを見せる。

「そろそろ遊んでいる暇もなくなってきたところだ。思思は失敗した天令だ。天の獄のほうがえげつないのではないかと思うがな」

　それは否定できない。現に那兪は、堕とされかけたうえに記憶を奪われている。

『できれば私の殿下を返していただきたいのですが』

「そう焦るな。寿白殿下には心置きなく楽しんでもらいたいと思っている。駕国の女たちは美しくて従順だ。是非、ご賞味いただきたい」

　裏雲は思わず眉間に皺(しわ)を寄せた。

『至れりつくせりの接待ですね。殿下は思いどおりにはなりませんよ』

「そなたが私に忠誠を誓えばよいだけだ。私の計画はそなたにとって天上の夢にも等しい。私を信じて戻ってくるがいい」

私にとっての天上の夢……想像がつかなかった。何かを夢見るには汚れすぎた。

「天下を獲る。そなたほどの才があれば、これほど楽しめることはあるまい」

老人の声は歌うようだった。その姿は二重になっているように見えた。老人の下に、彫刻のような端麗な青年の姿が透けて見える。

（これが始祖王丁海鳴の姿か）

神にも等しい始祖王がともに天下を獲ろうと誘ってくる。なかなかの誘惑だった。

『魅力的なお誘いですが、その素晴らしい夢とやらを教えてもらえないことには決断がしづらいですね』

「手の内を見せるにはまだそなたは青い。もっと黒く、貪欲になってから来るがいい」

驚いたことに向こうから交信を断ち切られた。普通は仕掛けたほうができることだが、さすがに丁海鳴だ。

「ふう……」

疲れて寝台に腰をおろす。

死に損ないの始祖王からすれば、罪を重ねた黒翼仙ですら青二才に見えるらしい。

3

飛牙が捕まって四日目。

何もできないまま時が過ぎる。外は横殴りに吹雪いている。生命が死滅したかのような眺めだ。

多くのことを一人でこなしている宰相はあれから来ない。実務の他に天下四国征服計画も練っているのだから、体が足りないだろう。明らかに他者を信じていない。信頼できる部下も少ないはずだ。

だからこそ、裏雲がほしいのか。

知恵と実行力のある闇の者……自分に近いと思っているのだろう。

「全然違うんだよ」

裏雲は海鳴とは違う。

少なくとも自分のやったことを正当化などしていない。罪を背負ったまま、天に焼かれて死ぬのが道理と思っている。

「そうか……」

奴は自分と同じ形で裏雲を生かそうとしているのだ。

誰かの体を使い、中身を存在させ続ける。そうやって宰相などの地位につき、王政を牛耳る。そうして三百有余年。

駕国は他の国とはまったく異なる歴史を築いてきたことになる。始祖王による独裁が今まで続いているのだから。

「冗談じゃねえ」

裏雲を死なせたくはない。だが、それは誰かの体を奪って悪霊のように存在させることではない。

だが、裏雲はどう考えるのか。

拒否すると信じているが、海鳴はすでに人の域を超えた存在だ。そんな奴が全力で裏雲を求めたら、飛牙に抗えるのか。

（あいつを助けるには結局それしかないのか）

こちらは両手を鎖で繋がれたまま、なすすべもない。

鎖に鍵はついているが、部屋中探しても鍵穴に突っ込めるものがない。鳥が使えれば、何か持ってきてもらうことも可能だが、如何せん外は強風と雪。仮に晴れたとしても駄目かもしれない。海鳴は当然こちらが獣心掌握術を使えることも知っているだろう。何かしら結界のようなものを張っているのではないか。

下は雪だ。三階だが、思い切って飛び降りるというのはどうか。しかし、この両手で城壁を乗り越えるのはまず無理だ。

悶々と考えているうちにまた夜になる。

楊近が食事を運んできて、暖炉に薪を置く。このくり返しだ。

「俺を閉じ込めてどうしようってんだ、おたくの親分は」

「あとでこちらに伺うそうです」

「今夜か」

楊近はそうだと肯く。

「その前にお湯をお持ちします。軽く湯浴みをなさってください」

捕まってからその機会がなかっただけにありがたいが、少しばかり気になる。

「なんでまた」

「今夜は体を清めておかれたほうがよろしいでしょう」

楊近はにこりともせず、食べ終わった食器を持って出ていった。

どういう意味かわからなかったが、飛牙は寝台に転がった。海鳴が何をするつもりなのか見当がつかない。

まもなく、楊近他二人の男が現れ、湯浴みの支度をした。着替えのため一旦手鎖も外されたが、脅されるように刀を突きつけられていた。ごしごしと体を洗われていると、なにやら思い出す。燕国で姫と夜を過ごす前のことを。

（まさかな……）

ここには独り者の姫などいないはずだ。

「このお湯、香が入ってないか？」

「身だしなみでございます」

ますます不安になる。まったく自慢にはならないが、男に求められたことも少なくないのだ。

その不安を高めるように、楊近たちは寝具を取り替えた。さらに新しい肌着や絹の寝間着を飛牙に着せていく。

「なんだよ、これ」

着替えが終わると再び手鎖をつけられた。

「それでは失礼いたします」

用事を終え、楊近たちはそそくさと出ていった。

薄い寝間着を眺めながら、飛牙は考え込んだ。甜湘のときはこちらから彼女の寝室に向かったが、今回は何かが来るのを待つことになるのだろうか。

悶々と悩むこと一刻。ついに扉が叩かれた。

鍵が開けられ、宰相が入ってくる。見た目は品のいい老人だが、その中身は怪物だ。

が、入ってきたのは老人だけではなかった。背後に美しい女が一人いる。飛牙よりいくつか年上だろうか。うつろな目にはなんの感情も見えなかった。

「夜分、申し訳ない。是非ともそなたに紹介したい人がおってな」

後ろの女のことだろう。しかし、飛牙とは目を合わせようともしない。そもそもこの女の目には焦点がなかった。

「そちらのご婦人かい」

どこかで見たような気がする女だった。

「そう。こちらはそなたがこっそり手紙を交換した相手。我が国の王后陛下、麗君様であらせられる」

飛牙は息を呑んだ。見たことがあるような気がしたのは少女の頃の肖像画だ。

「……王后に何をした」

「他国の王族と内通するなどとんでもないこと。お仕置きは必要であろう」

「王様と同じ術をかけたのか」

海鳴にとっては国王も王后も子孫であるはずだ。何故こんなひどいことをするのか。

「駕国に仇なすとあらば、子孫であろうと容赦しない。身内であればこそ、厳しくするのが筋というもの」

「仇なしてるのはてめえだろうがっ」

手鎖のまま摑みかかりそうになった。

「私がいなければこの国などとうに滅んでおったわ。実際、越の七代王のときなど、軍隊が国境を越えてきたこともある。我が術で河川の氾濫を食い止めたこともあった。徐国のような誰でも統治できる温い国とは違うのだ」

睨み返してくるその目は老人のものではなかった。史上最強の術師にして、戦乱を平定した冷徹な青年の目だった。

「温い国で悪かったな。自分ばっかり苦労してるみたいなこと言ってんじゃねえ」

「よく吠える犬よの。蔡仲均によう似ておる」

徐国始祖王の名を出した。

「そなたにふさわしい仕事を持ってきたのだ。この女を孕ませよ」

飛牙はあっけにとられたが、王后は眉一つ動かさなかった。

「……何言ってる？」

飛牙は今でも徐国の王兄だ。そして燕国名跡姫の夫なのだ。他国の王后を孕ませろとはどういうことなのか。

「大人しくさせるには良い術だが、腑抜けすぎて何もできなくなってしまうのが難点よ。子作りなどとてもとても。しかし、女のほうなら寝てればよかろう。王后が孕めばそれは王の子だ」

「憐れな女に、よくそんな真似できるな」

散々逃げて放浪して、それこそいろんな人間を見てきたが、ここまでの鬼畜はそうそういるものじゃない。

「憐れではなかろう。夫婦ともども、なんの悩みもない日々を過ごしておる」

「俺は結婚してるんだよ。女房以外の女は抱かない」

昔はどうあれ、今の飛牙にとって妻は甜湘だけだった。

「だいたい、なんで俺でなきゃいけないんだ」

王后が産んだ子は王の子という理屈なら、それこそ誰でもいい。いくらでもやる外道はいるだろう。

「そう。この王后も王族。私の子孫にあたる。しかし、だいぶ血が薄くなってきてな。それは都合が悪い。だからこそ、残った二人の王族同士結婚させたのだが、王は子供を作れる状況にない。ならばよそから私の血を引く男を連れてくるしかない。それが徐国の前王なら血統としても申し分あるまい」

飛牙は混乱していたが、三代王だか四代王が駕国の姫を王后として迎え入れ、王太子を産んでいることを思い出した。

「俺……あんたの子孫なのか」

直系ではなくとも、〈血〉という観点でいうならそうなる。

「そういうことだ。そなたも知っておろう。王の子であることが大事なのではない。始祖王の血を引く者であることが、玉座の条件なのだ。そなたと王后の子であれば、血統的に問題はない」

　怒りで頭に血が上っていたが、ここは抑える。

「この世はそれほど他人だらけというわけでもない。遡れば、多くはどこかで血が繋がっている。特に王族というものは広く繋がりを求めるものだ」

　始祖王の血という太い幹はあれど、確かに歴代の〈母〉や〈胤〉の血があって王家というものは続いてきた。

「あんたの子孫だとしても関係ない。俺は甜湘の夫だ。王后は蒼波王の妻だ」

　他人の女房に手を出したことがないとは言わないが、強制されるのはまっぴらだった。

「なにゆえ拒む。そなたの子が天下四国を統一する覇者になるのだぞ」

「自分が何者かもわからなくなっている女を抱いて子供を作れだと。そこまで下衆じゃねえんだよ」

「燕国では種馬であったのだろう」

「今は夫だ」

　出会いはなんであれ、甜湘を愛しく思う気持ちに嘘はない。

「姫君は子を孕んでいるそうだ。そなたならすぐにも王后を孕ませられるだろう」

　飛牙は絶句した。

(甜湘が身籠もっている?)

身に覚えはあるが、考えてもいなかっただけに驚いた。

「実に優秀な胤だ。是非とも駕国にも子宝を授けてほしいものだ」

「うるせえ、尚更断る」

死ねない理由がもう一つ増えた。こんなところで怪物にいいようにされている場合ではない。

「名目上は蒼波王の子だ。気にすることはあるまい。王族同士の相互扶助のようなもの」

この男のことだ。今後の展開で必要とあらば、寿白の子であることを利用するだろう。そのうえで、徐国を支配する正当性まで主張しかねない。そして燕国の子も寿白の子だ。寿白の血が四国統一の言い訳になりかねない。

「嫌なこった」

「裏雲も我が手の内に堕ちる。あれとともに生きたいとは思わぬか」

「あいつがおまえの言いなりになんかなるかよ」

白濁した老人の目が憐れな者でも見るように細くなる。

「黒い翼は闇の者の印。一度染まれば戻ることはない。現にあの男は私の申し出を一度もきっぱり断らなかったぞ」

挑発には乗らない。飛牙はぐっと唇を噛んだ。

「……出ていけ。王后を連れて帰れ」

「おなごに恥をかかせるものではないぞ。ほれ、王后陛下はその気でおる」

宰相がぽんと王后の肩を叩くと、突然王后が着物を脱ぎ始めた。

「では、ごゆっくり」

裸になろうとする女を置いて、宰相は部屋を出ていった。

「くそっ――服を着ろ、こら、やめろって」

飛牙が止めるのも聞かず、王后は全裸になると寝台へ向かった。裸のまま横になる。部屋に来る前からそのように術をかけられていたのだ。

「……なんて奴だ」

飛牙は頭を抱えた。

とにかく、王后が風邪をひかないよう、寝具をかけ直す。寝台から一番離れた部屋の隅に座り、膝(ひざ)を抱えた。

よその国の王様の女房を寝取るつもりなどない。こんなところで間男など冗談ではなかった。

（早いとこ、逃げ出さないと）

この状況では指一本触れてないと言っても信用されないだろう。

燕も姫や胤たちにずいぶんひどいことをしていたが、これはもう正気じゃない。憐れな王后をなんとかしてやりたいが、どうすればいいのか。

今の飛牙には考えつかなかった。


次の夜も、またその次の夜も。

王后はやってきた。やることをやらないうちは毎晩通わせるということだろう。寝床を明け渡し、床で寝る。おまけに裸の女が部屋にいるのだから、さすがに落ち着かない。

（おかげで寝不足だ）

奴はどこかで見ているのかもしれない。または暗魅を見張りにおいているかもしれない。いずれにせよ、王后を抱く気はない。

夜、部屋の隅に横になっていると、すすり泣く声が聞こえてきた。心を奪われたはずの女が泣いているのだ。

「……辛（つら）いのか」

飛牙は寝台に近づいた。

「陛下……」

閉じられた目蓋（まぶた）から涙を流し、夫を呼んでいた。

海鳴は彼女をなんの悩みもないと言っていたが、そんなのは嘘っぱちだった。どんな悪しき術をかけられても王后の悲しみは消えていない。こうして愛しい男を求めている。

どれほど苦しい歳月だっただろうか。

魔物のごとき男に国を支配され、夫を壊され、戦を止めることもできない。王后という立場にありながら、何一つ守ることができず、侍女までむざむざと死なせてしまった。ついにはこうして別の男の子を孕むことを強要される。

「陛下……翠琳……」

消え入りそうな声で呼ぶ。

(ひでえことしやがって)

飛牙は王后の手を握った。

「必ず助ける。始祖王だかなんだか知らねえが、絶対許さない。だから、泣くな」

ただここから逃げ出すだけでは駄目だ。丁海鳴をこの世から葬り去る。何が始祖王だ。この悲しい女を救うにはそれしかない。

那兪の口を使って天が勝手なことを言ったというなら、そのとおり大いに干渉してやろうじゃないか。

(こちとら英雄様だ。やってやるさ)

4

若き術師、丁海鳴は幼い子供の亡骸を見つけた。

その体はいくつかに分かれ、鴉についばまれていた。

そんな光景が村一面に広がっている。戦につぐ戦に、作物は踏みにじられ、人は腐った肉片として土に還っていく。

この地は滅ぶのだ。殺し合って、奪い合って。

若き術師は空に向かって祈った。

すでに国と呼べるものがなくなって数十年。我こそは王と豪語する者はいる。盗賊の首領に亡国の末裔を名乗る者。あらゆる有象無象が王国の成立を宣言するが、半年ももたず殺される。中には真に志のあった者もいただろう。人々を救いたいと立ち上がった者もいたはずだ。だが、力なき者は淘汰される。

見よ、この荒野を。街と呼べる場所すらない。行けども行けども、屍と廃墟ばかりだ。作物を植えれば奪われ、子を産めど育てられない。民は木の皮や泥を口にしている。それでも飢えて死に、飢骨となって怨嗟を叫ぶ。

どうすればこの地を平定できるのか。

丁海鳴は懊悩した。天下無類の術師とまで称賛されたが、山脈に囲まれた大地はあまりに広く、術などでは戦乱を止めることはできない。人を呪ってできた国を海鳴は認める気などなかった。

その土地を歩き、傷ついた人々を癒やし、どうすれば救えるのかを探ってきた。

あるとき、妙に調子のいい男に出会った。

剣の腕前もたいしたもので、海鳴とは違う術を使っていた。鳥を操り、獣を手懐ける。舞えと言えば蝶を舞わせることもできた。

海鳴も操れる暗魅がいたが、手近な生き物を使えるという点において、その男の術のほうが実用性があった。

名を蔡仲均といった。

以後、しばらく仲均と行動を共にした。この頃から、優れた者が集まればこの地を救う解決の道が見えてくるのではないかと考えるようになった。

適当な性格で腹立たしいこともあったが、仲均との旅は楽しかった。

またあるとき、驚くべき武人と出会った。

槍を持たせれば剛力無双。一閃で数人をなぎ倒す。義に厚く、道理を知り、我が槍は人を生かすためにある、と言い切った。

武人の名は曹永道という。その志は海鳴、仲均と同じところにあり、旅に加わることとなった。

三人は進み続けた。盗賊を追い払って村を助け、この地を建て直す方法を語り合った。その間にも術や技を磨き、天の傘下を見て回った。

時代は英雄を求めていた。

〈誰かおらぬのか〉

〈この地を救ってくれる者は〉

〈天よ、偉大なる王をくだされ〉

皆、疲れ切っていたのだ。

地上には圧倒的統率力で平定をもたらす英雄が必要だった。

さらにあるとき、天の声を聞く女と出会った。

(こんなうさんくさい女まで現れるとは世も末だ)

最初はそう思ったものだ。

だが、灰歌(はいか)と名乗ったその女は本物だった。

『天は命じた。この地を四つとせよ、と』

女はそう言った。天は灰歌と交信したのだ。

海鳴には天の意図がよくわかった。これほど乱れ、国と呼べるものすらなくなった現状で国を一つにするのは無理なことだ。

四つならばなんとかなる。互いに侵さぬことを誓い、それぞれに精進していけば天下は安定した四国となって復興していく。

『曹永道は東を、灰歌は西を、蔡仲均は南を、そして丁海鳴は北を治めよ。王となれ、これよりこの地を天下四国とする』

灰歌は天を仰いで宣言した。その声は人のものとも思えず、歌うように広く山河に響いた。雲間から光が溢れ、地上をあまねく照らす。それは紛れもなく天の祝福であった。何故なら天令が玉を携え降りてきたのだから。

以後、四人の戦いが始まった。

それぞれの国の王となる。互いの自主独立を尊重し、決して他国を侵さない。切磋琢磨(せっさたくま)し、天を支える四本の脚となるのだ。

天下元年——四人はそれぞれの国の王を宣言した。茨の道であったが、皆決して諦(あきら)めることはなかった。

思い出せば、胸が痛む。

昼も夜も理想を語り合った。国を憂い、民の安寧(あんねい)を祈った。なんという熱い日々だったことか。

枯れた体を横たえる。

長いこと使ったが、だからといって寿命が延びるわけでもなく、普通に病気にもなる。人の体は柔で困る。

（……柔だったのは私か）

一番若かった王が最初に死ぬとは誰も思わなかっただろう。死を悼む手紙が三人の王からも届けられたものだ。彼らもまさか本人が読むとは思わなかっただろうが。

思えば彼らと過ごしたあの頃がもっとも輝いていた。

王になってしまうと、どんなに国を良くしたいと動いても邪魔ばかり入った。些細なことをあげつらい、大局を見ることのできない愚か者ばかり。

凍てつく大地に育つ作物を見つけ、冬を越すための薪を確保する。賊が出れば兵を送り、一つ一つ法を整備する。人に任せておけず、なんでも懸命に考えた。寝る間も惜しむとはあのことだ。

他の三人の国に負けるわけにはいかなかった。この過酷な大地を任せられたのは丁海鳴だからだ。

精も根も尽き果てるまで王国の安定のために戦い、三十にもならず幼子を残して北の始祖王は死んだ。

他に何ができたろうか。

「閣下、お薬です」

楊近が衝立（ついたて）の向こうから声をかけてきた。

「入れ」

入ってきた楊近は盆の上に水と薬を載せていた。もはやこういう仕事は楊近にしか任せられない。他の者が用意した薬や食事は絶対にとらなかった。楊近には毒味もしてもらっている。

「もう少し休まれたほうがよろしいのでは。これではお体がもちませぬ」

「今が大事なときなのだ。この干からびた体を少しでももたせる。なに、ちょうどよい代わりはいる。良い時期を待っているだけだ」

海鳴は薬を飲むと立ち上がった。

北部鉱山で起こった惨事が氷骨（ひょうこつ）によるものということがはっきりした以上、念のため対策を取らねばならない。

氷骨は厄介な魄奇（はくき）だ。

飢骨と違い、見るからに骨というわけではない。極寒の地では遺体も腐らず、そのまま凍結することが多いからだろう。

実際、北の死者はすべて雪に埋められる。薪も炭も貴重で、火葬などという手間はかけられない。王都直轄領になっている北部は夏でも雪が溶けることはないのだ。

奴らは人を喰わない。だが、氷骨は恐ろしい冷気をまとってやってくる。数が多ければ多いほど、その寒さは尋常ではない。触れられれば一瞬にして人は凍死する。そしてその死者もまた隊に加わる。

彼らの歩みは遅く、南を目指しても王都に近づく前に春になるため、万を超える被害が出ることはまずない。だが、氷骨は駕国にとって絶望の象徴だった。開拓途上の村は何度も壊滅させられ、罪人を送り込む以外、北を開発する手立てはなかった。

北には資源があるというのに。それさえ手に入れれば、どれほど豊かな国になることか。

氷骨を止めることは海鳴の術をもってしても、難しかった。彼らはただただ寒さから逃げているのだから。どうあがいても南へ向かうという絶対の法則だけは曲げない。

柵を作ったこともあったが、数の力で押し潰してくる。

規模は年によってかなり違うが、奴らは必ず毎年やって来る。今回は鉱山が通り道になってしまったのが被害を大きくした。

今はまだ十二月。氷骨はたいてい一月から二月にかけて発生する。下手をすれば春になる前に王都近郊まで接近するかもしれない。

(悩ましいことだ)

南へ。

それは氷骨だけの夢ではない。この国にとっても必要なことなのだ。

「寿白はどうしている？」

「まだそういう関係にはなっていないようです」

「王后ほどの美姫が寝台で待っているというのに、野暮な奴よの」

節操のない軽薄な男だと思っていたが、なかなかしぶとい。

「どうなさいますか」

「取引をしてみるか。燕への侵攻はやめ、越に切り替えるなどとな」

燕の姫が我が子を身籠もっているのだ。寿白も燕を攻撃されたくはないだろう。

「しかし、武力は越のほうが上です」

確かに越は腐っても武人の国。屍蛾の大襲来に加え翼竜の襲撃。越は大きな被害を受けるはずだったというのに、まさか死に損ないの寿白がそれを救うとは思ってもみなかった。なかなか予定どおりにはいかないものだ。

「越の豊かな穀倉地帯は魅力だ。それに越が落ちれば、燕などなすすべもなく恭順の意を示すだろう」

「寿白殿下にとって越の正王后は大叔母、王太子は義兄弟ですが」

「どちらかを選べと言われれば、妻子を選ぶであろう」

あれでなかなか愛妻家のようだ。

「私は寿白殿下を始末するべきではないかと思います」

楊近はあの男に生かしてはおけない不気味なものを感じるらしい。確かに人はおろか天令までも味方に引き込む力は侮れない。まして獣心術の使い手でもある。

「王后を孕ませる以外にも使い道があるのだ」

人が私を怪物と呼ぼうとも――前に進むだけだ。不干渉を貫く天に代わり、この地に干渉してやる。

かつては国を四つに分けるのが最適だったのだろう。だが、今は違う。一つになるときだ。駕国だけが不利益を被って(こうむ)いてよいはずがない。

寒さに震え続けた民を豊かにしてみせる。

作物が実る大地を手に入れてみせる。

南へ。

(私はいつのまに氷骨になっていたのだろうか)

鏡に映った姿は老人ではなかった。

海鳴はそこに凍りついた青年を見た。

第五章　凍(こご)える王

1

まずは逃げるしかない。

ここを出て、那兪(なゆ)と裏雲(りうん)に合流して知恵を出し合うべきだと考えた。

飛牙(ひが)は寝具の一枚を歯で切り裂き、一階に届く長さまでの縄にした。まずこの様子も向こうに伝わると思っていい。のぞき穴は探した限り見つからなかった。おそらく天井の隅にいる蜘蛛(くも)が使役されている暗魅(あんみ)だろう。この季節にそうそう動ける蜘蛛などいない。

それなら逃げる準備をしているところを見せてやるまでだ。

縄は三本作っておく。窓の外はいい具合に吹雪(ふぶ)いていた。これなら雪についた足跡も短時間でわからなくなるだろう。

寒さに耐えうるよう毛布で、上から被(かぶ)る形の防寒着を作る。暖炉の火で真ん中に穴を空ければ、首がすっぽり通る。あとは腰のところに二本の縄を巻いておく。

この城は煉瓦でできている。窓から手を出して、指が引っかかるか試してある。そしてこの上は平らな屋上のはずだ。

二本の腕は鎖で繋がっており、肩幅ほどしか広げられない。これでよじ登るのは至難の業だろう。

勝負どころは、日没から王后が連れてこられるまでの間だ。万が一にも王后を巻き込めない。

細工を終えた奇風絵札を袖に仕込んだ。

蜘蛛はまだ動かない。日は暮れようとしている。見張りの歩兵が陰に回る、飛牙はそのときを待った。

「よしっ、降りて逃げるぞ」

蜘蛛に聞こえるよう声に出してから、縄を一本、寝台の柱にきつくくくりつけた。動かせない寝台だ。人を支えるには充分だった。窓を開け、縄を外に落とす。

（蜘蛛が動いた）

予想どおりだった。急ぎ、監視対象が逃げようとしていることを報告に向かったのだろう。扉の下の隙間から廊下に出ていく。

飛牙はまず履物を脱ぎ、懐にいれた。指先に息を吹きかけると、窓枠に素足をかけた。

外開きの窓枠に足を乗せる。あとは両手の指と足の指を煉瓦の隙間に潜らせ、登っていく。吹雪に煽られそうになるが、なんとかこらえる。このくらいの天候のほうが見つかりにくいのだ。

指が千切れそうだった。それでも屋上まで登りきった。今頃、見張りの蜘蛛が楊近に伝えていることだろう。

「……凍りつきそうだ」

倒れそうになるが、飛牙はすぐに階下への扉へ向かった。

「くそっ」

内側から鍵がかけられている。前回の騒動を教訓に上からの侵入にも備えたらしい。こうなればどこかの部屋の窓を蹴破って侵入するしかない。

(急がねえと凍死しちまう)

目立たない窓を探すつもりだった。

屋上を走り、緩やかな屋根をつたい、反対側へ向かう。滑って足をとられそうになるが、そこは踏ん張る。

「もうもたない……どこかから中に入らないと」

腰縄にしていた縄を一本外し、屋根の端に引っかけた。

(一か八か……!)

縄をつたい下へ降りていくと、窓を蹴破る体勢を整えた。その勢いで中に飛び込むつもりだった。

が、そのとき窓が開けられた。

思いがけず、室内の男と目が合う。飛牙もだが、向こうはそれ以上に驚いていた。窓の外に怪しげな者がぶらさがっているのだから当然だろう。

悲鳴を上げられると思ったら、男はとっさに手を差し伸べた。

「寿白殿下ですね、こちらへ」

疑う余裕もなかった。その手をしっかりと摑む。そのまま、ぐいと室内に引っ張り込まれた。

「助かった……のか」

倒れ込んだ飛牙を後目に、男はまず風雪の吹き込む窓を閉めた。

「……この部屋は？」

広い豪華な部屋だった。調度品も壁も違う。

「ここは国王陛下の間でございます。私は陛下の世話係で皓切と申します」

驚いて床に倒れたまま振り返った。

「蒼波王の……」

「はい。寿白殿下が逃げたことは、もう騒ぎになっています。兵は外に逃げたと思い、追っていきましたが……まさか、まだ城内に」

皓切が毛布を持ってきて、震える寿白の肩にかけた。

「城壁を乗り越えられる自信がなかったもんでな」

鳥に縄を引っかけてもらわなければ登ることはできない。だが、ここ数日は一羽の鳥も見ることはできなかった。

内側からなら城壁に上がる階段もあるはずだが、おそらくそこにも鍵がかかっているだろう。鍵を開けるための簪一本ない。それに当然そこは一番に調べられる場所でもある。

一旦屋内に入り、兵の装備を奪ってから追っ手に紛れて外に出るつもりだった。手鎖を見られないようにするのは難しいかもしれないが、そこはどさくさで突破するしかない。

「城内で怪しまれぬよう着替えを用意します」

「この鎖が外れないと着替えられないんだよ」

じゃらりと鳴る手鎖を見せた。

「これは……なんと。では上に羽織るものにしましょう。少しお待ちを」

さすがに王様付の官吏ともなると話が早い。ある程度知っているらしく、無駄な質問をせずてきぱきと動いてくれる。

（巻き込めば王后側と同じ目に遭わせてしまう）

飛牙はなんとか立ち直ると、暖炉に手をかざした。すぐに懐から履物を取り出し、履く。少し足先が凍傷になっているようだ。

「……誰？」

奥の方から弱々しい男の声がした。衝立一枚でこちらと遮られている。

「騒がせてわるいな」

飛牙は衝立から少しだけ顔を覗かせた。光沢のある黒檀の寝台に一人の若い男が腰かけていた。これが蒼波王らしい。

「誰……」

「それは知らなくていい。しっかりしな。嫁さんがひどい目に遭ってるぞ。あんたが助けなくてどうするんだ」

「嫁……？」

「あんたの妻だろ。泣かせるなよ」

焦点の合わない目で男は首を傾げた。十年も心を奪われていたら、何を言われてもわからないだろう。

「……妻」

王は最後にその言葉を嚙みしめるように呟き、寝台に横になった。

「これをどうぞ。外回りの者が着る外套です」

皓切が灰色の外套を持ってきてくれた。

袖を通す必要がないので鎖に繋がれたままでも、上から羽織ることができた。

「他国の王族の方にこの仕打ち。申し訳ございません。どうか逃げ切ってください。ここには武器はございませんが、これを」

皓切は薪の上に置かれてあった鉈を手渡した。

「ありがとな。俺を助けたこと、ばれないようにしろよ」

「それでは廊下を見てみます」

皓切は少しだけ扉を開けると、左右を確認した。

「階下から『追え、捕まえろ』という声が聞こえてきます。そのまま降りて何喰わぬ顔をして混ざるのがよろしいかと思います」

飛牙はもう一度礼を言うと、廊下に出た。外套を頭まですっぽりかぶる。

暗い廊下を小走りですすみ、階下へ降りた。

「上にはおりません。やはり城外に逃げたのでは」

上を探していましたとばかりに言っておく。

「そうだろうな、行くぞ」

促され、兵士たちと一緒に降りていった。

このままうまく街に出られればいいのだが。城内の者の中には飛牙の顔を知る者も何人かいる。

「官吏まで駆り出されたのか、大変だな」

　兵に慰められた。

「他国から侵入して捕まっていた身分の高い間者なんだろ。やっぱり戦争になるってことなんだろうな」

　兵は溜め息交じりに呟いた。事情を知らないこの国の者からすればそういうことになるのだろう。他の三国は他国と戦になるなどこれっぽっちも思っていないが、駕国では下級兵士でも覚悟ができているのだ。

「術官吏が街中に散らばったようだ。すぐに捕まるだろうよ。あいつらは最強だからな」

「さようで。私も補佐に参ります」

　なんとかなりそうだと思ったとき、外から楊近が入ってきた。

（……まずいな）

　顔はある程度隠れている。堂々としていればばれるはずはない。飛牙はあえて避けることをせず、楊近とすれ違った。

「匂うな」

　楊近が飛牙の肩を摑んだ。

「殿下、お戯れが過ぎますぞ」

　何が問題だったのか、あっさり露見してしまった。飛牙は楊近と兵を振り切ると、思い切り外に走っていった。

「あれだ、捕まえろ。殺してはならん」

楊近が叫ぶ。そばにいた兵が一斉に追いかけてきた。

(どんだけ鼻が利くんだよ)

飛牙は城壁に向かった。ちょうど、上の見張り台への階段が開いていた。駆け上がると、壁の上を走り抜ける。

槍(やり)を持ってかかってきた兵に鉈と尖(とが)らせた絵札で応戦し、下へ落とした。

雪明かりだけが頼りだった。吹雪によろめく。高さがある分、風が強い。縄をつたって下に降りれば、兵に待ち構えられそうだ。壁の上では反対側から、兵がこちらに向かってきているのが見える。

「……試してみるか」

飛牙は口の中に指を二本入れると、空に向かって思い切り口笛を吹いた。

昔、裏雲とはぐれたとき、よくこうしたものだ。城の中で、抜け出したとき街の中でも、必ず見つけてくれた。

庚(こう)軍に追われているときもやってみたかったものだ。もちろん届きはしなかっただろうが——今なら。

甲高い口笛の音に反応するように西の空から羽音が聞こえてきた。吹雪の音かと思ったが、大きな翼の男だった。手に槍を持ち、城壁の上の飛牙を目指して滑空してきた。

「すげえ……ほんとに来た」

やってみるものだと思った。

「裏雲、ここだ」

思わず飛び上がって手を振った。どちらも死なせるわけにはいかない宰相は矢を射かけようとはしない。

黒い翼を広げ、裏雲は飛牙の体をしっかりと抱きしめると、すぐさま空へと上昇する。吹雪の中、人一人抱いて飛ぶのはかなり困難だろう。

「わりいな」

両手の手鎖を裏雲の首にすっぽりと掛けて、首っ玉にしがみつく。

「しっかり摑まっていろ」

裏雲は持っていた槍を片手で構えた。力を込め、槍を斜め下へと投げつけた。

「海鳴(かいめい)……」

城の庭に立ちつくしこちらを見上げていた老人の前に槍が突き刺さった。裏雲はあの男を狙(ねら)ってみたのか。

「匂う」

「え、俺？　あ、そうか。湯浴みのお湯に香りがついてたんだ。くそっ、それで楊近にばれたのか」

あれは閨のためだけのものではなかったらしい。

「……この天候では話しにくい。あとだ」

裏雲に言われ、飛牙は黙ってしがみついていることに全力をつかった。心底疲れ切ってもいた。

——偵察に来たのだ。そうしたらこの騒ぎだ。

裏雲の袖の中にかすかに光る蝶の羽が見えた。那兪もいたのだ。飛ばされないように蝶なりに必死でしがみついているようだった。

——そなたにその鎖がつけられていたのでは私は運べない。昨日城に忍びこんでみた。口笛が届いたのはたまたまということらしい。

——だが、裏雲をあまり信じるな。

蝶の囁きにはっとする。

『現にあの男は、私の申し出を一度もきっぱり断らなかったぞ』

自信ありげな丁海鳴の言葉を思い出した。

それでも、飛牙は裏雲を信じていたかった。この強風吹き付ける真っ黒な寒空の中を、包むように抱きかかえて飛んでくれる男を信じられないというなら、この世に信じられるものなどない。

2

暖房の充実した、良い宿を取った。

寝具にくるまり、飛牙は震えていた。傍らには少年の姿の那兪がいて、暖炉の前に裏雲がいる。手鎖は那兪が調達してくれた鍵開けの道具を使い、無事に外した。

凍りついてここまで来たのだ。まずは宿で作ってもらった温かいスープを飲んで休むしかなかった。

「今夜は休め。そなたたちは人の端くれだ」

快復の早い天令とは出来が違うと言いたいらしい。那兪は寝台に腰をおろし、じっと目を閉じる。

「そうさせてもらう。駕国の寒さは翼仙には向かない」

裏雲は暖炉の前で横になった。

久しぶりに三人でいられる。猫の他に蜥蜴の暗魅まで増えていたが、きっとそれも美人に化けてくれるのだろう。

猫に温められながら静かに眠りについた。

芯まで凍えていた体が温まっていくのを感じる。背中の傷が痛むが、何よりも体は休息を求めていた。

　どれほど眠ったのか、飛牙は夢を見ていた。

　ぼんやりと寝台の上で体を起こしている。目の前に男が浮いていた。覚えている。これは丁海鳴だ。老人ではなかった。

『無茶をするものだ』

　駕国始祖王は宙に浮いたまま、憐れむようにこちらを見下ろしていた。

「だが、逃げてやったぞ」

『逃げられる余地を残しておいてやったのだ。そなたの力が見たくてな。さすが徐国を再興するだけのことはある。もっとも、あれは庚王の質が悪すぎたのだろうな。よもやあそこまで愚かとは思わなんだ』

　まるで庚王を知っているかのようなことを言う。

「逃げられてから虚勢張ってんじゃねえ」

『すべては私の手の内にある。握りつぶすのも容易い。そなたを助けた王の世話係の首を見せてやろうか』

　飛牙は目を見開いた。

「……なんだと」

『泣きわめいて逃げ出すものだから楊近も首を刎ねるのに手を焼いたわ。罪深いことよのう。助けてくれた者、関わる者をすべて死なせる』

　飛牙の唇が震える。声が出なかった。

『悲しいか、辛（つら）いか。だったらそんな人生はやめてしまえばどうだ。そなたにふさわしい生き方がある。そなたが裏雲の肉体になるのだ。幸いそなたたちには薄くとも血縁がある。身も心も一つになればよいだけだ』

　呼吸が荒くなった。始祖王が何を言っているのかわからない。

『そなたが是と言えばそれで済む。そなたのためにすべてを犠牲にした友を助けたくはないか。一つになって、命尽きるまで一緒にいられるのだぞ。裏雲に自ら申し出よ。そうしたいと言うのだ。裏雲とて喜ぶであろう。一度くらい友に捧（ささ）げてみよ』

　裏雲を自分と同じ存在として生き続けさせるということだ。そしてその器になれとこの男は俺に言っている。

「……器になったら俺の人格はどうなる」

『やがて同化していくだけだ。一つになるとはそういうこと。裏雲にとっては願ってもない話であろう。愛（いと）しい殿下と一つになるのだから』

　飛牙は首を振った。

「あいつはそんなこと望まない」

『言えないのと望まないのは同じではないぞ。そなたは殿下であやつは忠臣。思っても言えるわけがなかろう。叶えてやらぬのか、永遠につくしてもらうだけか』

　夢なのか幻影なのか、わからないまま飛牙は立ち上がり捕まえようとした。

「いい加減黙っておけよ。てめえみたいな怪物に俺たちの何がわかる」

『私は人だ。だから苦しんだ。この国を護りたかっただけだ。平定しない国と幼子を残して死んだ私の気持ちがわかるか』

「それなら、なんで今までいるんだよ。成長した子供や孫に任せりゃよかったろ」

『この凍えた国を見よ。安心できたことなど一度もなかった。あと少し、あと少しだけ。それが三百年だ。駕国を護るために存在し続けなければならなかった。天は何故こんな地を私に預けたのか』

　青年の幻影は切々と訴える。

「狂った過保護だ。どんなに無念でも後の世代に預けていかなきゃならないもんだろ」

『忌々しや……疫病神が。私の計画を潰していく。あの無能な庚王がそなたを殺せなかったばかりに』

　それだけ言い残し、丁海鳴は消えた。

「待てっ、てめえ」

　叫びながら、立ち上がろうとして飛牙は寝台から落ちた。

(どういうことだ。あの男は何が言いたかった？)

語っているうちに海鳴も感情的になっていた。確かにあれは人だ。

（……俺はどうすりゃいい）

暖炉の前で横になっている裏雲を見つめた。助ける方法を伝えられたのだ。

「ん……」

裏雲はゆっくりと目を開き、顔を上げた。

「どうした、何かあったのか」

「丁海鳴を見た……夢か術かわからないけど」

裏雲はすぐに立ち上がると、有無を言わさず飛牙の着物の前を開き、調べ始めた。裾に黒い染みを見つけ、吐息を漏らす。

「血だ。殿下と話すための細工を用意していたようだな。逃げられるのは想定内ということだ。だが夜の宿だ、場所を特定することはできないだろう」

以前、裏雲もやったことがある術だということだ。

「そうか……あれは現実か」

「何を言われた？」

「蒼波王の世話係をしていた官吏を殺したと……俺が逃げるのを助けたからだ」

吐きそうになっていた。あの逃げ回っていた少年時代の記憶が生々しく浮かび上がってくる。

〈陛下を守れ〉

〈この首が寿白様を守るなら〉

〈すべては寿白様のために〉

飛牙は頭を押さえてうずくまった。誰が言ったか、その声も表情もすべて覚えている。何もできない子供のために何人死んだのか。

「彼は殿下を苦しめるすべを心得ているな。他に……何を言った？」

裏雲に見つめられたが、その目を見ることはできなかった。

「三百年存在し、統治を続けたのは駕国を護るためだとさ」

「なるほど。他には」

「……詰（なじ）られただけだ。俺を惑わそうとしてるんだろ。捕まってたときは駕国の王后を孕（はら）ませろとも言われたし」

「有効なやり方だが、殿下という人間が理解できていない」

飛牙は目を閉じた。

「趙（ちょう）家は古くからの名門だった。令嬢が王后になったことがあったそうだな」

「それは聞いたことがある。第九代徐王の後宮に入り、王太子を産んだ。その子が十代王だ。だが、何故今そんなことを言う？」

海鳴が言った〈血縁〉とはこのことだろう。

「俺が下で寝る。裏雲は寝台で寝てくれ」

「そんなことはできない」

「俺につくすな」

吐き捨てるように言ってしまった。寝具をひっつかむと飛牙は暖炉の前に転がる。

(信じるってのは願望の押しつけなんだろうな)

裏雲を助ける方法は〈一つになる〉しかないのだろうか。


翌日には念(ねん)のため、宿を移動することにした。

寒いというのは厄介なものだと飛牙はつくづく思う。徐国なら年中そのへんに転がっていても死にはしなかった。

駕国にはいろいろ問題があるだろう。悪い意味で独裁色がもっとも強い国だ。それでもこの寒さでは、内戦など起きても戦死者の内訳は半分以上が凍死になりかねない。

民は自制して、国はゆるやかに自殺する。

もちろん、これは駕国にたいしてだけの皮肉ではない。他の三国にしても同じだ。きつく押さえつけられれば、いずれ圧死するしかない。王というのは殺さない程度に民を抑圧しなければならない。

「……めんどくせえよなあ」

つい口に出していた。

「何を言っている。独り言の癖は直らないのか」

那兪に呆れられた。

冬の王都は昼も薄暗い。言葉が凍りついてこぼれ落ちそうなくらい寒かった。それでも夜よりはましだ。

「どこかで食事をとるか」

そう言ったのは裏雲だった。懐には猫を抱えている。ちなみに蜥蜴は飛牙の袖に入っていた。主人である裏雲の懐は先輩に譲ったというところだろう。

「じゃ、あそこでいいか」

飲み喰いする場所では噂話も聞こえてくる。裏雲もそのつもりだろう。

昼時だったこともあり、店内はけっこう賑わっていた。兵士らしき者もいたが、追っ手というわけではなさそうなので、あえて近くに座る。

「で、北部はどうなっているんだ」

さっそく二人の兵士の話が聞こえてきた。

「アレが出たんだよ、アレが」

「早いじゃないか。まずいんじゃないのか」

「だから鉱山から脱走する奴らが増えてんだよ。今度はそいつらに村が襲われて……」

「そんなとこ行かされたくねえな。間違いなく死んじまう」

兵士たちの会話は溜め息とともに終わった。

金を支払い肩を落として店を出ていく髭面の兵士を見送り、飛牙はすぐに那兪に目をやった。

「頼んでもいいか」

北の様子を見てきてくれという意味だった。それができるのは天令しかいない。

「またそれか。まあ、いいだろう」

少年は立ち上がると出ていった。

「氷骨の軍勢が気になるか」

「そりゃそうさ。もし、王都に来たらどうするよ」

越を襲った屍蛾にはまだ個人でも対策が立てられた。だが、氷骨にはそれも難しい。

「王都が壊滅すれば、宰相の野望も潰える。悪い話ではない」

「馬鹿言ってんじゃねえ。俺は王后に助けるって言ったんだよ。美人とおまえとの約束は守る」

口に出して自分を奮い立たせないことには萎えてくる。その程度にはゆうべ丁海鳴に言われたことを気にしていた。

「安請け合いは自分の首を絞めるぞ」

「いいんだよ、俺はこれで」

運ばれてきた料理を口にする。温かくて美味い。凍りついて死んだ者たちもどれほど温かさに焦がれていただろうか。飢えて死んだから食べたがる飢骨になる。凍えて死んだから温もりを求める。魄奇はその想いだけで動いている。あまりにも憐れだ。

「しかし、気付いているのだろう」

「何をだ」

「あの天令だ。思い出している」

飛牙は黙って肯いた。

確かに那兪は記憶を取り戻してきているようだ。独り言の癖を指摘したり、またそれかと言ったり。つまり、そういうことだ。本人がどこまで自覚しているかはわからないが。

「いいのか。記憶と引き替えに天に許されたはずだ」

「思い出しちまったものは仕方ないだろ」

那兪のせいではない。それで文句をつけるなら、天なんかくそ喰らえだ。


その日の夜、那兪が戻ってきた。

宿で元王様と黒翼仙と天令が暖炉を囲むことになる。那兪は寒さを苦にしないが髪や睫まで凍ってしまったのは困ったらしい。

「氷骨の数は二千を超えている。まだ増えるだろう」

「今はどの地点だ？」

飛牙は鴛国の地図を広げた。

「ここだな」

那兪が指さした地点は王都の北、九十里といったところか。

「氷骨ってのは鈍いんだろ」

「確かに遅いが、奴らは休まない。冬の間歩き続ければ春より先に氷骨が王都周辺に到達しかねない。発生が例年より一ヵ月早いのだ」

「どうなるんだろうな……避難させたほうが良くないか」

「宰相――いや丁海鳴か。春に燕に侵攻するつもりなのだろう。その前に避難などしていては士気に関わる」

そこまで侵攻を急ぐということは、宰相の体は余命いくばくもないのではないか。

「私と殿下、海鳴にとっての手駒が揃っている。氷骨などに邪魔されたくないというのが本音だろう」

裏雲は猫を撫でながら口を挟んだ。

「だけど、飢骨と違って氷骨だと、人は近寄ることもできないだろ。どんな術師でもきついんじゃないか」

「記録によれば氷骨が都に迫ったことは一度もない。おそらく都までは来ない。そのためにも駕国の王都は央湖近くにある。海鳴ならそのくらいの計算はしている。だが、その途中の王都近隣の村々は危険かもしれない。避難命令を出したとしてもこの冬に移動するのは難しい」

「じゃ、見殺しか」

「そういうことだ」

裏雲と那兪に肯かれ、飛牙は唸った。

「それじゃ駄目だろ。そうやって徐は滅んだんだよ」

「だが愚かな王子が継ぐより、優れた王が何百年でも統治する。悪いやり方ではない。理にかなっている」

裏雲の言い様に飛牙は首を振る。

「俺はそうは思わない。だったら天が統治すればいいじゃねえか。人に任せたかったんだろ。高見に立っていつまでも生き続ける奴はもう人じゃねえんだよ。人にとっちゃ永遠ってのは悪夢なんだ。海鳴を見てりゃわかる」

翼仙だって人の倍生きるのが精一杯だ。限界ってものがある。

ゆうべ現れた幻は、ねじれた歳月を生きることの恐ろしさを思い知らせてきた。あれが正しいはずがない。

「正論だ。だが、殿下……執着もまた愛情。私には丁海鳴を責められない」

心からそう言う裏雲に、飛牙は不安を覚えた。

3

器が死んだとき、他に移らなければただの霊魂ということになる。転生外法は器あっての術なのだ。

これほど道を外れた者が行き着く先がどこなのかは海鳴でも知らない。だが、罪を一人で背負う覚悟でこの道を選んだ。

丁海鳴はくたびれきった体を横たえた。

乗り移ったとき、汀柳簡は四十を少し越えたばかりであった。働き盛りだった体はもはや死を待つばかり。

器にすると言ったとき、柳簡には妻も娘もいた。もちろん、できるなら拒否したかっただろう。

『始祖王陛下を拒むなどできるはずもございません。すべては祖国のため。お役立てくださいませ』

振り絞るようにそう答えた。

妻と娘は泣いていた。綺麗事を並べても事実上の死である。柳簡は生け贄になったのだ。

王族と一部臣下のみが知る駕国の真実。永遠に始祖王が治める王国。それはわかっていても受け入れがたい気持ちだけは抑えきれなかっただろう。柳簡の妻は三年後に病死し、その翌年娘は嫁入りを拒んで自害した。子を持たず死ぬことで、少しでも王族の血を絶やしたかったのだ。

その悲劇を柳簡は頭の片隅で見ていた。

器本人はすぐに消えるわけではない。人格は部屋の隅に巣を張る蜘蛛のようにじっとしている。そして絶望とともに消滅することになる。

今、この体に柳簡はいない。

子や孫や子孫たちを喰らいつくしてでも、駕国を護ってきた。百の民より千の民を、千の民より万の民を。そうやって少数を切り捨てても護ってきたのだ。王族も例外ではない。我が子孫であればこそ、民よりも耐えねばならない。

その結果、直系の王族たちは減っていった。

子を産みたがらなかった。口にこそしなかったが、あれは始祖王への明確な拒絶だった。始祖王の道具ではない、という叫びだった。

直系がいなくなれば傍系に頼らざるを得ない。

寿白を利用することを思い立ったのもそのためだ。傍系といえど、徐国蔡仲均（さいちゅうきん）の直系。幼くして朱雀玉（すざくぎょく）を受けるほどの王太子で、国を取り戻し弟に王位を譲った英雄。寿白の子が駕王になれば後々徐国の王位継承も要求できる。

燕に侵攻し併合を宣言、越に恭順させ、徐の王位を要求する。わずかな犠牲だ。これで天下四国（てんげしこく）は駕国が統一することになる。

なにしろ寿白にはしてやられている。だが、こんな使い道もあるのだ。

（我ながらなかなかの策であった）

「閣下、失礼いたします」

楊近の声がした。

「早馬にて、氷骨の進行状況の報告がございました」

楊近は宰相の寝室に入ると、書状を渡す。報告書を受け取り、宰相はざっと内容を確かめた。

「死人どもめ、早いな」

王都まで到達する可能性は少ないが、少しでも足止めする必要はありそうだ。

「どうなさいますか？」

「最悪の場合は北端の街に火をかけろ。ぎりぎりまで近づけたら、採掘した草水を柵に撒き、火を放て」

草水とは地中深く埋まった黒い油だった。臭いが強く、無限の可能性を持つ燃料だ。北の地にはかなりの量が埋蔵されていると思われるが、採掘は極めて難しく、貴重なものであった。

「住民はいかがなさいますか」

「作業をさせろ。その後であれば逃げるのは勝手だ」

「逃げられますかどうか」

「かまわぬ。炎の壁を迂回すれば南下はその分遅れる。ちっぽけな村だの街だのは見捨ててよい」

一切の迷いもなく、冷淡に言い切った。

「御意。ところで洸郡の太府、劉数殿がおいでになりました。お会いになりますか？」

「明日でよい」

もったいぶったわけではない。満足に体が動かなかった。無様なところを見せるわけにはいかないのだ。

「では、そのように。しかし、劉数殿はこたびの件、臆していらっしゃいます。受けてくださるかどうか」

「仕方あるまい。寿白に王后を孕ませることは難しい。だからこそ予備の胤が必要だ。なに、誰の子であれ王后が寿白の子だと宣言すればよいのだ。実際、寿白の寝室に王后は通い続けたのだから」

洮郡太府の劉数は王族の姫を祖母に持つ。始祖王の血を引く一人だ。海鳴は自らの血を絶やさないため、今まで多くの姫を名家に輿入れさせている。徐国では駕王の姫が後継者を産んだ。さらにその徐国の姫、瑞英が越で正王后になったことで越にも血を残すはずであったが、残念ながら越には海鳴の血は根付かなかった。燕には胤を送り込んだこともあるが、子ができず失敗した。

早い段階で海鳴は血を残す努力をしてきた。汀家の王族が消えかけている今、それが役にたつ。

「いえ、王后陛下のこともですが、劉数殿は閣下が自分を器にと考えているのではないかと恐れているのだと思われます」

「そっちか。くだらぬ。よほどのことがなければ太府ごときを器にする必要などない。器はすでに十年前から用意されている」

蒼波王だ。今までは摂政として支えてきたが、王そのものとなるほうが効率もよい。そのために大事に大事に生かしておいた。自我を持たない以外は健康そのものだ。

「御意」

劉数は四十近いが他に手頃な胤はいなかった。ある程度の知性と能力、子供を作った実績、そしてそこそこの容姿は必要だ。他の者となるといかにも劣る。

「充分にもてなしておくといい。洸郡は燕国侵攻の要となる地だ。せいぜい働いてもらわねばならぬ」

そういった打ち合わせも必要だった。いずれ、全太府を呼び寄せねばならぬだろう。数十万を殺し、越と徐に勝てないと思い知らせるのだ。

術師が火炎を放てば、乾いた気候の燕はよく燃えるだろう。特に春先は乾燥するもの。裏雲の器になった寿白を見れば名跡姫も降伏するしかないことを理解する。

あちらこちらで縁を築いてきた英雄寿白が与える絶望感はひとしおというもの。邪魔をした報いは倍にして返す。

海鳴は部屋の隅に立てかけてある一本の槍を見つめた。寿白が逃げたとき、裏雲が投げてよこした槍だった。

（……来るか）

槍の持ち手には血がついていた。

裏雲は海鳴との通信手段を残していったのだ。それが何を意味しているか。

（呪術をかじった者ほど呪われやすい者はいない）

一度深淵を覗き込めば、もはや抗えないのだ。

だからこそ、この国の術官吏は決して逆らわない。あれこそが丁海鳴の子供だった。

『お休みでしたか』

寝台の傍らに裏雲の姿が浮かび上がった。

「相変わらずいい男ぶりだな」

『いえいえ、始祖王陛下の真のお姿には及びません』

軽く社交辞令を済ませ、互いに微笑(ほほえ)み合う。

「その姿がなくなるのは惜しい」

『焼きつくされるさだめにございます』

「転生外法、そなたならできる」

『私に力がありますかどうか。黒翼院(こくよくいん)の初代学長にも試されたのではありませんか?』

「彼は天涯孤独で血縁者を見つけることができなかった。残念だが、これればかりはな。この術法にはわずかでも血の繋がりが必要なのだ」

老人と幻は見つめ合った。

『血縁……ですか』

「覚悟を決めたか」

『して器は?』

「言わずともわかっておろう」

『……殿下ですか』

「そなたの家系は徐庚の変により潰えた。寿白の他に今わかる者といえば、徐王亘寛くらいだが、そちらがよいか?」

困ったように少し考え込む。亘寛王にも多少の愛着があるのだろう。

「そなたが一つになりたいのは寿白であろう」

『この体を失った先が殿下の体というのは、実に魅力的な話です』

「そうであろう。しかも器の意識は頭の片隅に残る。一つの体を共有するようなもの。そなたには悪くなかろう」

想像したのか、裏雲は楽しげに笑う。

「寿白の体は使いでがある。私がほしいくらいだ。だが、そなたに捧げよう」

そこは誠実に語った。寿白は天下四国の英雄的存在になりつつある。これほど利用価値のある器があろうか。いつでも使えるよう、城に置いておきたい。そして寿白の体を城に保存しておくためにも、裏雲が中に入るというのは悪くない。

『殿下の体を私にくださると』

「そのくらいせねば、そなたは本気でこちらの陣営には入るまい」

まだ裏雲の心が決まっていないことなど、海鳴にはわかりきっていた。

（私は誰も信用しない）

それでもこの男が必要だった。

「ともに天下四国を統一しようぞ。その天にも類する力はたかが庚王一人殺したくらいで満足できるものではあるまい」

こうして話しているだけでも裏雲の迷いが手に取るようにわかる。この男は揺れているのだ。黒翼仙の気持ちを理解してやれる者など他にはいない。

正直なところ、海鳴もまた腹心がほしかった。楊近のような普通の人間ではいずれ死ぬ。同じときを刻める同志が必要だった。長年の孤独に凍りついた心にも、まだ友を求める気持ちが残っていたのだ。

「我が下(もと)に来い。待っておるぞ」

他に選択肢などないはずだ。拒めば天に焼かれる。

『今日のところはこれで。近いうちお会いするでしょう』

そう言い残し裏雲の幻影が消えたのを見て、海鳴は確信した。

あの男は自らの意志で必ずここにやってくると。

4

「駕国ではあんまり年越しを祝わないんだな」

飛牙が呟いた。宿で年を越し、数日が過ぎた。

一日中吹雪いている。冬が本格的になってきたのだ。外へ出ればまるで風と雪に横殴りにされているようだ。

あまり積もらず凍るので、路面の状態も悪い。駕国の人々は歩き方も堂に入っているが、飛牙は悪戦苦闘していた。そのため昨日から宿の部屋に籠もっている。

「徐では子供が夜更かししてもいいのは年越しだけだった。そのくらい特別だったけどな。無礼講で騒いで、すごく楽しいんだ。裏雲と夜中までいられた」

「思い出話もけっこうだが、背中の傷は大丈夫なのか？」

那俞に言われ、飛牙は思わず吹き出してしまった。

「何がおかしい」

「だって、おまえこそいろいろ思い出してるじゃねえか。自分でも気付いてるんだろ」

那俞はぷいと顔を背けた。

「思い出したら悪いか」

「いいや、すげえ嬉しい。俺が間男で虎の餌にされそうになったのを助けに来てくれたの、覚えているか」

「私は戸惑っている……天が奪ったものを少しずつ取り戻してしまった」

堕天から許された条件が記憶の剝奪だというなら、那俞の困惑も無理はなかった。

「また堕とされるのだろう」

「おかしいじゃねえか、思い出したのは別におまえが悪いわけじゃないってのに」

天の力が弱かったのか、那兪の中でどうしても忘れられない記憶であったのか。それは飛牙もわからない。ただ、苦楽を共にした時間は共有していたかった。それほど那兪と再会してからの日々はかけがえのないものだった。

「私は天令としては不良品なのかもしれない」

「いいや、那兪は珍しい成功例だと思うぞ」

那兪は笑った。

「慰めなくてもいい」

「かなり本気で言ってる。だって間男を更生させたろ」

「そのへんの軽薄さはさほど更生しているようには見えないが」

手厳しく言われ、飛牙も笑った。那兪はこうでなきゃいけない。

「なあ、宥韻（ゆういん）の大災厄の天令はまだどこかで生きてるのか」

海鳴から話を聞いて以来、その天令のことが気になっていた。

「天が殺さない限り、天令は死なない。おそらく地上のどこかにいるのだろう」

「海鳴は会ったことがあるらしい。その天令なら黒翼仙を生かす方法とか知ってんじゃないかな。会いたい」

「そっとしておいてやれ。私が彼なら誰にも会いたくはない。死にはしないが、おそらく天令の力の多くを失っている。同志として感知できないだろう」

そのへんの心情はなんとなく理解できた。飛牙もすべてを失ってからは徐国を去り、過去を振り切るしかなかったのだ。

「わかった。その天令のことは諦める」

とりあえず今から探しても裏雲の寿命に間に合いそうにない。

「じゃ、ま、他のことで頭を悩ますとするか」

飛牙は駕国の地図を広げた。

氷骨の南下経路。そして駕国が燕に侵攻する場合、どういう流れでいくのか。

身に覚えは一回しかないのだから、甜湘に子供が生まれるのはおそらく春だろう。燕はそんな時期に戦争を仕掛けられるのだ。甜湘だって対処しきれないに違いない。

(止めたいよな)

駕の兵力は六割が術師。さらに暗魅らを利用してくるだろう。越の王城を翼竜で襲ったように。

燕国の軍がそういう戦いに対応できるとは思いにくい。駕国王都相儀と燕国王都黄呂のほぼ直線上に決戦地が来るとして、燕国万州の州都小万あたりだろうか。そこを破られれば王都まで、馬で数日。駕が精鋭部隊として翼竜を送り込めば、燕が万州に援軍を出しても間に合わない。

　女王も甜湘も軍部でさえ、駕国が襲ってくるなどとは考えてもいないのだ。半月足らずで制圧されるだろう。どの国も怖いのは内乱だと思っている。

「甜湘に連絡できればいいんだがな」

　ちらりと那兪に目をやる。この天令がひとっ飛びしてくれれば、それも可能なのだ。頼んではいけないと知りつつも期待してしまう。

「もっとも固く禁じられている干渉が何かわかるか」

「国対国の戦に関する情報か」

「それを求めるなら、もう一緒にいられない」

　天令様はにべもない。確かにそのとおりだろう。担当天令の面子（メンツ）もある。国内だけの問題とは違って当然だ。

「悪かった。もう言わないから一緒にいてくれ」

　素直に謝り、雪解けと同時に始まるであろう戦争のことはまず横においておく。今は南下してきている氷骨の軍団のほうが気になる。

（氷骨で大きな被害を受ければ、戦争はしづらくなる）

　だが――

（この国の人間が大勢死ぬ）

なかなか悩ましい問題だ。どこの国の人間でも関わりを持てば情が生じる。

「たぶん宰相は、この北端の街を切り捨てるんだろ」

地図の上で指をとんとんと鳴らす。街の名前を付けるのが面倒だったのか、そのまま北端が地名になっていた。

「それが現実的だ」

「止められないかな」

越を護ったときのような妙案は浮かばない。近づいただけで凍死するのだから、斬って斬り捨てるというわけにもいかない。

「あれも止めたい、これも止めたい。そなたはそればかりだが、一つとして止められそうなものはない。漠然とした話だ」

天令が可愛らしい顔で辛辣なことを言ってきた。

「天はほったらかしか?」

「今のところ動きはない。言っておくが、地上は天の箱庭ではない。人は操り人形でもない。天が好きにすることはないのだ。それをほったらかすというなら、そういうことだ」

飛牙は唇をひん曲げた。

「今回ばかりはありえるって言ってなかったか?」

「訂正する。ないと思う。滅びもまた地上の循環」

那兪ですら、天の考えが理解しきれてないのはわかっていた。釈然としないが、それが方針だというなら、ないものとして対策を考えるしかない。

「人に命令するくせにな」

「我を目指せ——か」

那兪は考え込んだ。

「もう少し具体的に言ってくれないとこっちも困るわ」

「仕方ない。ある意味、地上とは言語が違うようなものなのだ。だが、今ならわかる気もする。天とは一本の巨大な柱ではないのだ。これはあくまで、もしかしたらということだが、そなたに天の構成要員になることを求めているのではないか」

飛牙は首を傾げた。

「俺、勧誘されてんのか」

「天が見込んだ者は死後、天の一部になる。白翼仙(はくよくせん)もそうだろう」

見込まれても嬉しくはない。第一、一度は徐国を滅ぼした身の上だ。天の構成員になる資格があるとは思えない。

「初めて聞いたぞ」

「天の理(ことわり)は本来、人に話すものではない。だが、そなたが候補だというなら試されているのだ。あえてそれを告げたうえで、幾多の難局を乗り切れるのかどうか」

思い切り顔をしかめ、飛牙は寝台に寝転がった。

「試験かよ。しんどい思いして、天の一部になったところで俺になんの得がある。俺は死んだらそれで終わりでいいんだよ」

「畏れ多いことを申すな。これが人の身でどれほど光栄なことか」

なにが光栄だよ、と人の身はぼやく。

「待てよ……そうか」

天の一部になることに利益を見いだせばいい。

(これって、取り引きできるんじゃないか。あれとかそれとか)

そう思うと、理不尽な要求も光明にすら見えてくる。

「おいっ、天と繋いでくれ。話がしたい」

寝台から跳ね起き、那兪の腕を掴んだ。

「何を言っているのだ。馬鹿を申すな」

那兪は目を丸くした。

「天と直接交渉したいんだよ。親玉を呼び出せないか」

もっとも親玉がいるのかどうかもわからないが。

「こっちの都合で話などできるか。天をなんだと思っているのだ」

「要求するだけの一方通行はズルいだろ。どうしても話さなきゃならないことがあるんだよ。なあ、頼むって」

「ズルだろうがなんだろうが、こちらにはどうにもできない。そなたが何を考えているかは想像がつくが、無理なものは無理だ」

「やっぱり想像がつくのか」

「当たり前だ。そなたの単純な脳みそには結局それしかないのだから。だが、その肝心の裏雲が戻ってきていない。いいのか？」

言われて、飛牙ははたと気付いた。確かに昨日、出かけたまま戻ってこない。

「まあ、いい大人だし。行きたいところもあるだろ」

「その行きたいところが問題であろうが。あの猫もいないのだぞ」

那兪の言うとおり、寒さが苦手であまり外に出たがらなかった宇春(うしゅん)も、いなくなっていた。

「でも、ほら。虞淵(ぐえん)はいるし」

蜥蜴は壁に張り付いていた。自分の名前が出たことに驚いて振り返る。

「そこの蜥蜴、話がある、人になるのだ」

隠れようとした蜥蜴に、那兪はぴしっと命じた。

「……何も知らない」

少年の姿になった虞淵はうつむいて言った。黒い髪が顔半分を隠していた。

「では、何故裏雲についていかなかった。そなたはそこに行きたくなくて残ったのであろうが」

少年はうつむいて答えようとしなかった。肯定しているということだ。

「そなたは宰相を主人としていたが、裏雲と一緒に逃げてきたのであったな。宰相に会うなど恐ろしくてできまい。つまり、裏雲は丁海鳴のところへ行ったのだ」

これには飛牙が驚いた。蜥蜴少年に顔を近づける。

「……そうなのか」

「止めたけど……駄目だった」

那兪は一つ大きな溜め息をついた。

「裏雲は丁海鳴と似ている。ずっとそう思っていた。同調しても不思議ではない。海鳴と手を組むことにしたのだろう」

飛牙は息を呑んだ。確かに海鳴と組めば裏雲は焼かれて死ぬことはなくなる。だが、それは同時に海鳴の野望に手を貸すということだ。

「違う。そんなわけあるか」

裏雲は罪を認め、運命を受け入れていた。

その裏雲がこんな戦に荷担するとは思えなかった。

第六章　英雄立つ

1

「それではよいのだな」

駕国宰相は重々しく言った。

「は……はい。私でお役に立つなら」

そう答えた劉数であったが、額には脂汗が滲んでいた。固く握りしめたその手は震えている。

（無理もない）

王后を犯して妊娠させろと言われたのだから。

その様子を陰で眺めながら、裏雲は思い出していた。王を一途に案じる王后の健気な姿を。国で最高の地位にありながら、互いしか頼る相手がいなかったのだろう。孤独な抑圧の中で育まれた愛はどれほど深いものか。

「では王后にとって良き日を選ぼう。おなごには適した時期があるからな」

「……はい」

洸郡太府にも妻子はいる。できれば断りたいところだったに違いない。だが、断れば地位を失う。下手をすれば地位だけでは済まない。

三百年以上死を拒み、この地を統治してきた真の王はそれほど恐ろしい存在なのだ。あの目に見つめられたら、裏雲でも緊張が走る。

「それが叶ったあとは燕への侵攻に関してゆっくりと話そうぞ」

「ははっ」

劉数は深く頭を下げた。

汗を拭い去っていく太府殿を見送り、裏雲は幕の陰から宰相の前に出た。

「有無を言わせぬお手並み、お見事でございました」

お愛想に微笑んでみせるでもなく立ち上がった宰相であったが、ぐらりとよろめく。

「お休みになったほうが」

太府の前では堂々と振る舞っていたが、実際宰相の命は長くはなさそうだ。

「大儀ない。それよりその懐の猫は暗魅であろう。なにやら私をよく思っていないようだな」

胸元から宇春（うしゅん）が顔を出していた。月帰（げっき）の仇（かたき）を睨（にら）み付（つ）けている。

「宇春と申しまして、よく仕えてくれています。目つきが悪いのは生まれつきでございましょう」

顔を出さないよう、手で押して懐に戻しておく。

「まあよい。よくぞ決心してくれたな」

「ただ祖国を護（まも）りたい、という閣下の生き様に感銘を受けました」

「そなたもただ寿白（じゅはく）殿下を護りたかったのであろう」

「……はい。それだけが我が願いでした」

「にもかかわらず、あの殿下はせっかく取り返した国を弟にくれてやった。そなたの忠義に報いようとは思わなかったのかのう」

裏雲は答えなかった。様々な想（おも）いが胸を苛（さいな）む。

「そなたが寿白になれば、燕国の世継ぎは事実上そなたの子。徐（じょ）国の王はそなたの弟。越（えつ）国の王もそなたの義兄弟。寿白を手に入れ、そのうえ寿白が手に入れたものも、そなたのものになるのだ」

そして丁海鳴（ていかいめい）は裏雲の頭脳と寿白の人脈を手に入れるのだ。それが最大の目的といったところか。

「甜湘姫（てんしょうひめ）の御子はまだ腹の中、性別もわかりませぬ」

「かまうものか。そのときは男でも世継ぎにしてしまえばよいのだ。我が鴛国にも女王は二人いた。十一代と十四代だ。男子が幼子しかおらなくてな。甜湘とかいう生意気な小娘が胤の制度をやめたのが、男王が即位するよいきっかけにもなろう。だが、おそらく生まれるのは姫だろう。寿白殿下は類い希な強運の持ち主だからな」

鴛国を盟主に、他三国を属国とする統一を考えているようだ。丁海鳴は干渉し支配する〈天〉となるのだ。

（そして私はそれに荷担している）

それを知ったとき、殿下はどんな顔をするだろうか。

「今宵、器を替える」

着替えをするとでもいうように、宰相はあっさりと言った。

「では宰相汀柳簡様は亡くなられるということですか」

「この器では動けない。乗り切るためには若い体と見栄えの良い姿も必要だ」

確かに蒼波王は見目も良い。ここで王が復活しておけば、王后に子ができても整合性はとれる。万が一の場合は元徐王寿白の子だと偽ることもあるかもしれないが、少なくとも今は王の子であったほうがよい。

「ならば蒼波王になられた閣下自ら子供を作られてもよいのではありませぬか」

「子は作れぬ。そこが転生外法の限界なのだ。それに子孫を抱くほど下衆ではない」

やっていることは充分下衆だが、美学は人それぞれだろう。

「宰相が死んだことはしばらく伏せる。そなたと楊近で代理を務めるのだ」

「蒼波王の地位を固めてからですか」

「そうだ。王は十年もの間、人前に出られないほどの病だった。いきなり現れて実務に携わっては周りも戸惑う。冬の間、じっくり慣れてもらうことにする。宰相としての言葉はそなたたちが伝え、王と宰相はまったく同じ考えであることを強調するのだ」

なかなかうまい手だと思った。三百年もの間、何度も入れ替わっただけのことはある。

「甦った若き王が天命を受けたと宣言して南下戦争を起こせば、それは天の意思なのだ。たいした策士だ。ここぞというときに王を器にするとは。

「そなたの転生はその後だ。よいか?」

「御意」

罪の体を自ら殺し、天下四国きっての英雄、寿白殿下となる。その寿白が駕国の宰相になれば、天下統一に正当性すら出てくる。なにしろ殿下は徐国の王弟で、燕国の名跡姫の夫、そして越国王の義兄弟なのだから。

(私が作った英雄に、私がなるのだ)

一つになるとはどのような心持ちなのか。

死ぬのは怖くない。だが、殿下と重なる誘惑に勝るものがあろうか。出してもいない黒い翼が熱を帯びていた。

その夜。

裏雲と海鳴は地下の部屋にいた。宰相専用の棟はどれほど地位のある者でも許可なく入ることはできない。

ここは海鳴が瞑想をしたり、大きな術を使うときのための部屋らしい。つまりここで器の交代が行われてきたのだろう。

（……儀式の間か）

明かりを灯しても薄暗い部屋は幾多の罪を見守ってきた歴史を漂わせていた。

「今まで王ではなく宰相になられていたのは何故です？」

「そのほうが動きやすかったからだが……まずは王にはできる限り子供を作ってもらわねばならぬ。外法を犯した私には子を作ることはできないのでな」

翼仙も子を生すことができない。おそらくは人の域から外れてしまった者の宿命なのだろう。

扉の向こうから階段を降りてくる音が響いた。

「お連れいたしました」

楊近の声がした。

「入れ」

扉が開くと、楊近はまず先に王を部屋に入れた。

「陛下、どうぞこちらへ」

自我を奪われた王が抗うことはない。焦点の合わない瞳はいかにも憐れだった。

「この上に寝るのだ」

部屋の中央に置かれていた石台に横たわるよう、海鳴は王に命じた。

「……はい」

王は言われるまま台の上に仰向けになった。

裏雲は楊近とともに、少し離れて見守っていた。

（いよいよか）

海鳴は懐から小刀を取り出すと、自らの右手をざっくりと切った。血の滴る掌で王の顔を摑むように覆う。

「我が器よ、受け入れよ、退けよ――」

それ以降は何を言ったのか聞き取れなかった。翼仙や地仙が唱える呪文とは系統が違うのかもしれない。

宰相の体はがくがくと震え始めた。丁海鳴の魂が移動を始めたのか。やがて宰相はその場に崩れ落ちた。

「閣下……？」

楊近の声が震えていた。おそらく彼もこの儀式を初めて見たのだろう。宰相は蒼白(そうはく)な顔で倒れ、動かない。死んでいるようにしか見えなかった。

入れ替わるように王の目蓋(まぶた)がゆっくりと持ち上がる。

「おおっ」

楊近は歓喜の声を上げた。王の瞳に丁海鳴を見たのだ。それほど今までとは眼光が違っていた。

「すぐには動けぬ……しばし待て」

血塗(ちまみ)れの顔はわずかに微笑んでいた。

「閣下……いえ、陛下と呼ばねば」

楊近にも喜怒哀楽の表情があったらしい。感無量とでもいうような顔だった。この男にとっては始祖王丁海鳴がすべてなのだ。

やがて〈王〉は体を起こした。首を一回ぐるりと回す。

「ふむ。まだ馴染(なじ)まぬが、まあよい」

立ち上がると王は宰相の亡骸(なきがら)を見下ろした。

「始末せねばな。この石台を押して、寄せてくれるか」

王に言われ、裏雲と楊近で石台を押してみた。すると下に棺が入るほどの深い穴があり、中にはいくつもの骨があった。

王は汀柳簡の死骸を蹴り、穴に落とした。

「楊近、そこの棚に油がある。振りかけて火を放ち、死体を焼け」

ここで火葬を済ませるつもりらしい。今までもそうしてきたのだろう。天井の一部に換気口があった。長年使った器にはなんの思い入れもないようだった。

楊近は指示に従い、棚の上の壺に入っていた油を注いだ。丸めた紙に蠟燭の火を移し、穴に投げ入れる。

薄暗かった室内は燃え上がる炎に揺れ、たちまち肉の焼ける臭いが立ちこめる。

「始祖王陛下が抜ければ器も死ぬということですか？」

裏雲は確認した。そこは大事なところだ。

「老体では私が抜け出す衝撃に耐えきれないので、勝手に死ぬ。若くて丈夫なら死にはしないかもしれぬが、そういう形で抜けたことがなくてな」

最後まで使い倒してきたということだ。

炎が鎮まり、穴の中には骨しかなくなっていた。再び、石台で穴を塞ぐ。王族として生まれ、長く器にされ、まともに葬られることもなく、この最期とは。さすがに汀柳簡という男が不憫だった。

（……これが器）

黒い翼の裏雲にも思うところがあった。

「さて戻るか。今夜からは王の部屋を使わねばな」

楊近が王に手拭いを差し出した。血だらけの顔を拭いた新たな王は、元々の整った顔立ちに丁海鳴の意志と野望を滾らせていた。

（この王が全軍を率いれば、士気は上がるだろうな）

丁海鳴はそこまで考えて今こそ老人の器を脱ぎ捨てたのだ。

「ところで、陛下。氷骨の軍団がおよそ三千に膨れあがり、北端の街まであと十里に迫っているとか」

その街には四千人の民が暮らす。

「対策はできている。捨て置け」

氷骨への対策にあたりながら、この極寒の中、民を避難させる兵力はない。四千人を利用したうえで見捨てるというのだ。

そしてこの汚い役目までを汀柳簡が請け負うことになるのだろう。氷骨の件が収まったあとで、立春の挨拶を兼ね王の復活を宣言し、死者を悼めば若き王に傷はつかない。

安寧の希望を持って、天より国を預かったはずの始祖王は、三百年かけてどんな暗魅も魄奇も遠く及ばない魔物となった。

（そして私もそうなろうとしている）

殿下と一つになりたいがために。

2

北端の街はこの時期極夜にあった。

極夜とは冬至の前後に起きる太陽の昇らない状態で、昼でもけっこう暗い。この地では一ヵ月以上これが続く。さらに北の鉱山なら二ヵ月にも及ぶという夜だけの世界だ。

飛牙（ひが）はこの地に降り立った。

降り立った途端、地面に這（は）いつくばって盛大に吐いた。

「お、おえ……ひでえ」

初めて那兪（なゆ）に運ばれたのだ。光に包まれるとはもっと優雅なものかと思っていたがとんでもない。五臓六腑（ごぞうろっぷ）がぐちゃぐちゃになった心持ちであった。

「これだけの距離を飛べばそうなる。私はやめておけと言ったぞ」

少年が生意気な顔で見下ろしてきた。

「いつまで這いつくばっている。光に気付かれ、人が来ては困る。第一、そなたはこのままではすぐに凍えて死ぬだろう」

蒼白な顔で立ち上がるが、うまく歩けなかった。天令の光とは人を運ぶためのものではないと言われたが、確かにそのとおりだった。

「厚着はしてきたが、寒いなんてもんじゃないな」

たちまち睫が凍っていた。

「宿を取るか……って取れるかな」

「それは心配ない。あれだけの氷骨が迫っているのだ、商用の客もいない。むしろ空いているだろう」

寒気から逃げるように一番近くの宿に入る。客が来たことに、むしろ宿の主人は驚いていた。

「あんたたちどうした？」

「それよりなんか温かい飲み物をくれないか」

体を温めて休まないと動けそうになかった。平気そうにしている天令が少しばかり憎たらしい。

部屋に案内され、お茶と汁物を運んでもらった。内臓はでんぐり返ったままだが、それでも内側から体を温めたかった。

「……生き返った」

「こんなところに連れてこいとは。裏雲のことはよいのか」

布団の中で震えながら、飛牙は頭だけ出してきた。

「よかねえけど、自分の意志で行ったんだろ。今、止めてどうにかなるとは思えない」

「あの男にはもう近づくな。丁海鳴に言われるまま、そなたを捕まえに来るかもしれない。海鳴と同じやり方で黒い翼の宿命から逃れようというのだろう。もうそなたが助ける必要はない。むしろ関われば危険だ」

飛牙は思い切り首を振る。

「そんな術使って生き続けていても、海鳴は全然幸せになってねえ。だから裏雲も救われない。どんな形でもこの世に存在さえしてれば、それだけで助かってるってわけじゃねえだろ」

「言っていることは正しいが、そなたの叫びは黒き者たちに伝わらない」

「だから、まずは氷骨をなんとかできねえかと思って来たんだよ」

むくれた顔で睨み付けられ、那兪は吐息を漏らした。

「海鳴に裏雲を取られたのが悔しいようだな。そなたたちはそういうところだけはよく似ている」

「おうよ、すげえ悔しい。でも、今はこっちをやるんだ」

「自分から巻き込まれに行くその性分はなんとかならぬか」

「そのぐらいの意気込みじゃなきゃ、天の試験は合格しないんだろ」

我を目指せ——その命令に従ってやろうじゃないか。

「……たぶん茨の道だ」

天令のくせに天を目指すことはすすめないらしい。

「いいんだよ、んなもん慣れてる。それよかここの連中は逃げないのか」

「軍の策で助かると言い含められている。炎の壁を作れば氷骨は避ける。だから街は大丈夫となん。厳戒態勢ではあるが」

「炎の壁ってのはどのくらいだ。五里くらいはあるのか」

那兪は首を振った。

那兪は先にここに来て、軍の計画などを調べていたのだ。もちろん、飛牙が平身低頭して頼み込んだ。

「一日燃やし続けるとして、二里分しか草水はない。埋蔵量ははかりしれないが、あまりに地中深く、採掘するのは至難の業。それでもかき集めたほうだろう」

「その程度の壁じゃあな。壁をよけて街に戻ってくるんじゃないのか」

街は道が整備されている。雪で覆われた荒れ地を行くより氷骨だって歩きやすい。左右に分かれた氷骨もすぐに中央に戻ってくるだろう。そういう性質があるから散らばらず、軍団を形成するのだ。

「時間が稼げればそれでよいと思っている。王都を守るのが優先だからな。ぎりぎりまで残る軍人や官吏も火を放ったあと、馬ぞりで逃げる予定だ」

ひどい話だ。どうにも我慢できずにここまで来たが、飛牙にも未だ策はない。

「しかし暖かいところに行きたいなら、焚き火にあたって満足してくれてもよさそうなもんなのにな」

「もはや氷骨の本能だろう。ただし、熱で動かなくなるものも少なからずいるらしい。炎の壁には彼らを減らす効果はある」

「でも、このままだと死体を作ってこの街で増える」

「そういうことだ」

北端の街の人間を生け贄に捧げて春を待つ。ふざけた話だ。

「なあ……この街の地図ないかな。あと一番高い建物がどこか見てきてくれ」

「私はそなたの召し使いではない」

「でも、相棒だろ。頼むよ、俺、まだ動けない」

「何が相棒だ」

まったくと言いたげに那兪は部屋を出ていった。

でんぐり返っていた内臓が治り、飛牙はなんとか体を起こした。

天令に運ばれるのは命がけだ。これはよほどの緊急時以外頼んではいけない。肝に銘じた。もっとも王都に戻るとき、もう一度運んでもらうしかないのだが。

「さぶっ」

寝具をかぶり、暖炉の側に寄った。薪が不足してあまり燃やせないのだろう。こういう土地にも住めるのだから、駕国の民は逞しい。

とはいえ、このままだとこの逞しい人々も氷骨の軍団に加わりかねない。

「ど真ん中目指してやる」

天の一部なんてけちくさいことは言わない。そこまで目指して、取り引きさせてみせる。あんなことや、こんなこと。

玉も持っていない人の身でも頭を使うことはできる。

「人生経験豊富なだけが取り柄なんだよ」

炎を眺めながら、どうすればこの街の人々を助けられるか、頭をひねって考える。人口は四千人ほどらしい。そう多くはない。

混乱を招かないためにも真相は限界まで伝えない。ここから南の村まで徒歩なら数十日。この寒さなら逃げても全滅だ。ここで氷骨をやり過ごすしかない。

「あとは利用できるものはなんでも使う」

もちろん天令も。

裏雲のことを、ここに至っても信じていた。信じるのはこちらの勝手なので押しつける気はない。

「でも、取り返す」

三百年生きた始祖王から大事なものを返してもらう。

街の人間を動かすには知名度と人望のある人間を引き込む必要がある。寿白殿下といえば今や天下四国にその名が轟く英雄様だが、駕は鎖国していたこともあり他国の動向など知られていない。

ましてこの北端の街。英雄の威光はあまり通用しないだろう。

飛牙は寝具にくるまったまま部屋を出ると、受付の奥にいた宿屋の主人に話しかけた。

(街の人間に訊くのが早いか)

「市長か？　ありゃ駄目だ」

最初に挙げた人物はあっさり否定された。

「あいつはな、元官吏の爺さんなんだよ。王都から送り込まれただけの宰相の犬だからまったく使えない」

「じゃ、街のみんなが話を聞いてくれそうな人っているか？」

宿屋の主人は赤みを帯びた顎髭をしごいて、にんまりと笑った。

「まあ、いるとすれば俺だな」

思わず飛牙も笑った。こういうおっさんは嫌いじゃない。一つ賭けてみるかと思った。

「おやっさん、名前は？」

「赤髭の道明って言えば誰でも知ってるぞ」

「連れが戻ってから、夜にでもじっくり話したい。氷骨のことだ」

道明は頬杖をついて、じっと飛牙を見つめてきた。

「いいだろう」

密談の約束をして、飛牙は部屋に戻った。

暖炉の炎を見つめながら、再び考える。木材で作った柵などでは数の力で倒される。すでに死んでいる魄奇に怖いものはない。奴らは体が千切れても腕だけで這いずって進むという。胴体と繋がっていれば脚だけでも歩く。

（やっぱり炎なんだよな）

四千人を収容できればいいわけだ。

極夜の街をすっかり深い闇が覆った頃、部屋の戸が開き那兪が戻ってきた。帽子の上には雪が積もっている。

「ご苦労さん」

「ほら地図だ。庁舎からいただいてきた」

筒状に丸めた紙を渡され、さっそく広げる。中央が何もない広場になっているのは、ここが北部鉱山に至る最後の街だからだ。そこで積み荷の部隊を編成したりするのだろう。

「一番高い建物は庁舎か」

「そこは二階建てだ。あまり大きくもない。もっとも高いのは北東にある獄塔らしい」

那俞が指さした。

「獄塔か、でかいのか？」

「鉱山から逃げた者を一時的に閉じ込めるためのものだったらしい。あとは移送するときの宿代わりだな。大きい建物だ。しかも暴動に備えてかなり丈夫に造られている」

「そりゃあいい」

「氷骨の先頭が街に接近するまであと三日だろう」

「早いな。急がないと」

那俞はすでにこちらの考えをおおかた察しているようだった。

「そなたの英雄神通力(じんずうりき)はここでは通用しないと思うぞ。駕国は思思(しし)の管轄なので私は表立って動くことはできない」

それだけは言っておく、と付け加えた。

「そこは地元の名士に相談だ。行くぞ」

天令の肩をぽんと叩(たた)き、飛牙は立ち上がった。

「三日後には奴らが来るだと？」

道明は泡を吹いて怒鳴った。

「そんなことは聞いてねえ。明日から草水(くそうず)の準備に駆り出される予定だが、それじゃたぶん間に合わない」

飛牙が主人を宥(なだ)めた。

「落ち着けって」

「これが落ち着いていられるかよ。やっぱり本当だったんだな、王政府はこの街を見捨てるつもりだってのは」

「それはそのとおりだ。で、どうするよ。黙って見捨てられるか？」

道明は即座に冗談じゃねえと怒鳴った。

「ふざけやがって。ちゃんと対応はできているから街にいろってあいつら」

この街は北部鉱山に向かうための中継基地的な場所で、比較的歴史が浅い。氷骨がこの辺を通過した数十年前にはなかった街らしい。だから、今ひとつ住民に危機感が足りないようだ。

「そこでだ。連中に一泡吹かせて街の人間も助かるっていう策があるんだが、協力してくれないか」

「ああ、何だってするとも。言ってくれ」

道明があっさり信用したのが解せなかったのか、那兪がちょっと待てと口を挟む。

「何故、簡単に信用する。我らは来たばかりのよそ者だ」

「そのとおりだ、利口そうな坊主だよな」

道明はうんうんと肯く。

「おまえらがここに来る直前、この街に妙な光が走った。不吉だとか言う奴もいたが、隣の爺さんがこう言ったんだ。あれは天の光だと。この爺さんは街一番の物知りでな。白翼仙なんじゃないかって噂もあるくらいだ。まあ、さすがに翼仙ってのはねえだろうが。偉い地仙なんだろうよ。だけど白ばっくれて表に出たがらねえ。浮世のことには関わらぬとか言ってな。だったら、救いの前触れかもしれねえ。信じたくもなるさ」

どうなんだ、と道明はこちらに問い返してきた。

「それならその直感を信じてくれ。問題は獄塔に何人入るかだ。俺の策はこうだ——」

飛牙は作戦の説明を始めた。

3

道明の根回しは迅速だった。

自分を含めた街の人間の命がかかっているといると思えば、異を唱える者はいない。役人や軍関係者は街の者に気付かれぬようにと逃走の準備を進めていた。街で企み(たくら)が同時進行しているとは思いもよらなかっただろう。

まず飛牙は氷骨の偵察に出た兵士と入れ替わった。もっとも危険な任務だけに、代わってやると持ちかけたら渡りに舟とばかりにうまくいった。

一人馬ぞりを走らせ、北へ向かう。すぐに戻ってこう報告した。

「氷骨の群れは街から一里のところまで近づいています」

これには皆、震え上がった。二里まで近づいたところで逃走する予定だったのだ。そんなに早く来るわけがないのだが、理性より恐怖が先に立ち、司令官は総員撤退命令を出した。あとのことは街の者に押しつけたのだ。

死にたくなければ言われたとおりにしろ、と言い残し。

見捨てられたことに気付き、街は騒然とした。逃げようにも馬ぞりなどはすべて持っていかれている。

氷骨が街を直撃するという恐怖の前に街の者たちはなすすべもなかった。逃げた役人らの言葉など今更信じる者はいない。

道明とその他数名の街の衆が極夜と極寒の中駆けずり回り、街の者を集めた。

「聞いてくれ。わかっているだろうが、俺たちは偉いさんたちに捨てられた。このままだと氷骨の群れはまもなくこの街を通過する。氷骨が近づいただけで人は凍りついて死んじまう。戦える相手じゃない」

道明は状況を説明した。

「奴らは街の北側に東西の直線で炎の壁を築けと言った。だが、これは氷骨が王都に来ないよう南下を少しでも遅らせるための策であって、俺たちを救うためのものじゃない。だが、俺たちに素直に死んでやる筋合いはない。いいか、生き残るぞ」

道明が拳(こぶし)を突き上げると、民衆からおおっと声が上がった。

(街の衆のまとめ役だけのことはあるな)

いい宿に泊まったものだと飛牙は思った。

「一応、紹介しておく。こちらは飛牙と那兪。天の助っ人(すけっと)ってとこだ。詳しいことを話してる暇はねえが、信用していい。生き残ったらこの街の語り草になるだろうよ」

紹介を受け、飛牙が一歩前に出る。

「おおまかな策を話す。不安はあるだろうが、信じて従ってほしい」

これからやることは基本的に、越での戦いと同じだ。越では屍蛾(しが)の毒を吸わないことに気を付けて立て籠(たてこ)もった。ここでは氷骨を近づけず、寒さに耐えることが課題となる。

英雄様にふさわしくバッタバッタと斬り捨て(きりすて)られればいいのだが、この手の災厄はやり過ごすに限る。

「――というわけだ。全員で助かって宰相の鼻を明かしてやろう」

こういうときは少し威厳をもって鼓舞する。極夜だというのに後ろから光が差してきた。これは偶然ではなく、那兪の仕掛けた光の演出だ。光は剣のようにも見え、飛牙を神々しくすら見せた。

「……なんと！」

「ただ者ではない」

街の者は飛牙を見上げ、息を呑む。奇跡を見た気分だっただろう。

こんなインチキに天令の力を使われるとは――那兪はそう思っているだろうが、これで事がうまく進むなら安いものだ。

（ここの天令の面子を潰すような介入じゃあないしな）

これでも気を遣っているのだ。思思とかいうあの小娘はかなり鼻っ柱が強そうだったし、那兪を堕天させるわけにもいかない。


すぐに街の者たちは動いた。暗く息も凍る寒さの中では動いていないと逆に辛い。皆よく働いた。

女子供に老人や病人は獄塔に詰め込む。ぎゅうぎゅうに詰まっていればそれもまた暖房になる。人の熱も利用するのだ。獄塔には幽霊が出るとこの街ではもっぱらの噂だったようだが、薄ぼんやりした幽霊なんかより氷骨のほうが遥かに恐ろしいので、誰も怖がってはいなかった。

獄塔の周りには古い兵舎がある。男たちはそこで氷骨を迎え撃つ。といってもやることは火の番だ。

獄塔周辺を囲む形で丸くぐるりと炎の壁を作る。草水と役場や軍の基地から運んできた家具などの木材で獄塔を守る炎を絶やさないよう励む。氷骨の軍団が通り過ぎるまでの辛抱だ。おそらく最後尾が行き過ぎるまで約一日半は炎を守る必要がある。食料や寝具などは各自持ち込みだった。

薄闇の中、先頭の氷骨が北から吹雪をまとってやってきた。凄まじい寒風に炎が消えそうになるが、男たちは決死の思いで火を守る。想像以上に過酷な戦いとなった。

「限界になる前に暖を取りに兵舎に戻れ。こまめに交代しろよ」

飛牙が叫んで指示を出す。反対側では道明が指揮しているはずだ。

「そなたは大丈夫か」

那兪に訊かれ、まあなと肯く。交代の段取りがうまくいくまでは休むわけにはいかなかった。

「踏ん張りどころだ。しかしよ……酷(むご)いもんだよな」

炎の壁の外側をゆっくりと進む氷骨たちは人間だったのだ。寒さに震えて死んでいった者たちだ。骨になっている者もいれば、顔立ちがはっきりわかる者もいる。春を求め、死者は行進しているだけだ。

飢骨(きこつ)と同じ、王の統治次第で助けられた命なのだ。

この炎の壁を生む草水も石炭も彼らが採掘してくれたものだろう。できることなら助けてやりたい。だが、せめて春が早く訪れるのを祈るくらいしかできない。

「魄奇は皆憐れだ……王は彼らを減らすために心血を注がなければならない」

那兪は薪をくべながら言う。

「目の前の炎で暖まろうとせず南を目指すのは、故郷に帰りたいからなんじゃねえかな」

「そうなのであろう」

氷人間を作ってしまいそうな吹雪が炎の内側にも入ってくる。亡者(もうじゃ)の群れが炎に照らされ、恐ろしい光景を見せる。

「なっ、これが終わったらもっとのんきな旅しないか。誰かを助けるとかそういう面倒くさいことはなし。店先から果物ちょろまかしたり、安物の装飾品を高く売りつけるとか、金持っている女をちょちょっと手玉に取ってさ——おい、突っ込めよ。女房がいるだろうとか、この詐欺師の間男が、とかさ」

そんないつもの会話がしたかった。そうでもないと、気持ちがもたないのだろう。

「そなたはもう本物の英雄であろう」

「やめてくれ。俺はクズでいいんだよ。こんなのしんどくて仕方ない。今すぐ投げ出したいけどさ、これじゃ逃げるに逃げられない」

目の前の亡者の群れを眺めて言う。

「自分で望んでここに運ばせたのだろう。私は止めた、頼んでないぞ」

「今ちょっと後悔してる。だってほら、寒いだろ」

飛牙は悪そうに笑ってみせた。本音だったかもしれない。

「クズも英雄もどっちもそなただ。私はどっちも好きだ」

「おまえうまい対応の仕方を覚えたな」

那兪も笑っていた。

が、すぐに那兪は真顔に戻った。その手から、持っていた薪が落ちる。

「天は……干渉しない。だが、人は大いに干渉せよ」

那兪の口調が変わっていた。

「お、おい？」

「人の子よ……地上を護れ。我を目指せ」

「えっ、こんなときにそれが来るのかよ」

飛牙は焦点の合わない眼差しで呆然と立つ少年を抱きしめる。

「逃がさねえぞ。取り引きしろ。なんでも言うこと聞いてやるから、裏雲を助けろ。こいつも……那兪も二度と堕とすな」

「我を……目指せ」

「こら、返事しろ。会話にならないだろうが。頼むから」

強く抱きしめて天に直訴する。

「なに、こら？」

那兪の体ががくんと揺れて、崩れ落ちそうになった。

「私は……？」

「もう戻ったのか」

こちらの都合などおかまいなし。いつも突然来て、すぐに終わる。

「そうか、また私は」

「なあ、俺の言ったことを天の親玉は聞いてくれたか」

「……さあ。そんなこと知るものか。気持ちが悪い」

那兪はしゃがみ込んで頭を抱えた。体に異物が入ってくる感覚なのだろう。

「休んでろ。まだ丸一日はかかる。炎がもてばいいんだが」

「人ごときに気を遣われる覚えはない」

天令は疲れない、眠る必要もない、そして死なない。だからといって天令を人間の勝手で酷使したくはなかった。どこかが壊れて悲鳴をあげるから堕天した天令もいたのだ。

「俺はできる限り天の命令に従う。でも、天の一部になりたいからじゃない。おまえと裏雲が必要だからだ。それだけは絶対変わらない。クズでも英雄でも同じことだ」

不遜と言われようが、身勝手と誹られようがそれが本心だった。曲げる気はない。

「私など……」

「おまえが天令だから、まだなんとか天を信じていられるんだよ。俺にとっちゃ、おまえが天のすべてだ」

那兪は立ち上がった。文句を言われるかと思ったが、何かをこらえるように唇を引き結び、黙々と炎の壁を守る。

深い夜になり、氷骨の群れはさらに密度を増す。

「こっち倒れたぞっ」

「くそ、まめに交代しろって言われてるだろ」

倒れる者も出て、怒鳴り声が飛んだ。言葉まで凍りつきそうな寒気の中、皆余裕をなくしていく。

獄塔から動ける女たちが出て、代わりを務める。もはや総力戦だった。

「このやり方はどこでも可能だ。ここより一つ南隣の村にも教えておくといい」

那兪が言ったことに軽く肯いた。正直、何を言ったか理解できていない。

「村ならもっと人が少ない。ここよりは楽なはずだ——聞いているのか」

「あ……ああ」

飛牙はすでに限界だった。寒いという感覚すらなくなってきていた。

「ここを守らないと……取り引きできねえんだろ」

そう呟いた飛牙の目には何も見えていなかった。

「馬鹿者が。家臣の自己犠牲の重さに潰されたのはそなたではなかったか」

最後に聞こえたのは、那兪の厳しい叱責だった。


『陛下の、身代わりで死ねるなら本望でございます』

そう言った慶沢の瀕死の顔が浮かんできた。

だからこれは夢だ。それとも凍えて死んでしまったのだろうか。朦朧として、もはや自分の生死もわからない。

『徐を取り戻して、王都に帰りたい』

『あの美しい都へ』

寿白を守り逃避行を続ける兵士たちはそう言っていた。

『こんな地獄は嫌だ。故郷に帰りたい』

『花咲く春の都へ』

もし氷骨の声が聞けるならそう言っているに違いない。

氷骨の群れは逃げ続ける徐王の隊列と同じだ。通り過ぎる亡者の中に知った顔がいたような気すらした。

『さあ、寿白様も一緒に……』

氷の亡者に誘われた気がしたものだ。

ちょっと弱気になると、すぐに過去がぶり返す。他人から見たら軽薄でふざけた男だろうが、どっこい胸の中はまだまだ重い。

(らしくないのか、らしいのか)

那兪に叱られるわけだ。

少しばかり、天との取引にとらわれすぎていたようだ。ここで死んでも天は死に際の祈りなど聞いてはくれない。寿命がくるまでが審査期間に違いない。

(先は途方もなく長い。そこを肝に銘じておかねえと)

ってことは、こんなとこで凍えて死ぬわけにはいかない。

飛牙はゆっくりと目を開けた。こちらを見下ろすいくつもの顔があった。安堵の声が上がる。

「気付いたかい、色男」

「よかった、心配させるな」

気がつけば、飛牙は焚き火の前で着ぶくれしていた。介抱されていたらしい。

「あのちっこいのがここまで引きずってきたんだぞ。ほら、お湯飲みな。ゆっくりな」

支えられ、湯を飲む。冷え切っていた体の芯に熱が戻っていくのを感じた。

「みんなで生き残るんだろ、無茶しないでくれよ。光の剣を背負ってきた英雄だろうが。終わったら熱燗で一杯やってくれ。とっておきの酒がある」

無精髭の親爺に言われ、飛牙は力なく笑った。

「……そりゃ楽しみだな」

なんのことはない、那兪という光の剣を天から貰っていたのだ。

体が温まった飛牙は再び火の番に戻り、氷骨の最後の一人まで見送った。一人の死者も出すことなく、北端の街は災厄を乗り切った。

街は大きな歓声に包まれていた。

第七章　未来があるなら

1

蒼波(そうは)王が復活して半月がたとうとしていた。

城の者たちも生まれ変わったようだと驚きを見せる。だが、実情を知る数人の官吏たちは震え上がっていた。

ついに、国王陛下までが始祖王に乗っ取られたのだ。さすがに従ってきた者たちも恐怖した。駕(が)国は取り返しのつかない方向へ行こうとしているのではないか、そんな不安にかられても口に出すことはできない。

「裏雲(りうん)殿、こちらへ」

柱の陰から軍部の偉いさんが手招きしていた。いつもは強面(こわもて)だが、今日は少しばかり様子がおかしい。

「どうなさいました」

「それが、北端が壊滅を免れました。街はほぼ無傷で氷骨をやり過ごしたそうです」

「良いことに思えますが」

「しかし、閣下は思いどおりに事が運ばないと許せないご気性。それに街の者が生き残っているということは、王政が見捨てたことが世の中にも知れ渡るでしょう。閣下は北端の犠牲を利用し、南下政策が必要であると民に訴えるつもりだったはずです」

そういうことだろう。身内の犠牲は世論を誘導し士気を高めるのに都合がいい。

「裏雲殿から閣下にお伝えしていただけないでしょうか」

宰相閣下は病に伏し、会えるのは楊近と裏雲だけということになっている。この男は宰相の正体は知っているが、丁海鳴が王に移ったことまでは知らない。

「承りました。私からお伝えいたします。しかし、よく助かったものですね」

「それが……なにやらよそ者が氷骨をやり過ごす策を伝授したらしいのです。街の者は天が遣わした英雄だと崇めているとか」

裏雲は思わず笑っていた。

「笑い事ではございませぬ。よそ者などに英雄になられては軍の立場がありません」

「失礼しました。ともかくお伝えして参りますゆえ、これにて」

男と別れ、裏雲は心置きなく微笑む。

(私の殿下は英雄力を増しているようだ)

もはや噂を広める必要もない。

殿下を徐国の玉座につけることは叶わなかったが、もはやそれ以上の存在になろうとしている。


「……その傍らに黒翼仙などいてはならない」

もちろん、中身が黒翼仙になることもあってはならない。

汀柳篅はすでに死んでいるので、国王陛下の間へと向かう。〈王〉はおそらく横になっているだろう。体が馴染んでいないのか、あまり体調が良くないらしい。

(私にはそれがなにもかも奪われた蒼波王の抵抗にすら思える)

裏雲は扉を叩いた。

「陛下、裏雲です。よろしいでしょうか」

「入れ」

許可を得て、王の間へと入った。

「お加減はいかがです?」

王は執務室の長椅子に寝そべっていた。

「よくない。王は健康だと聞いていたが、そうでもなかったようだ」

「それではそのままお聞きください。氷骨は北端の街に犠牲を出すことなく、南下を続けているとのことです」

「なんだと」

王はだるそうに体を起こした。

「このままだと王都へは二月下旬あたりに氷骨の群れが到着するかもしれません」

「なんということだ。何故予定どおりにいかぬ」

卓の上に置かれていた湯飲み茶碗を摑むと、怒りに任せ床に叩きつけた。

「北端はなにゆえ壊滅を免れた？」

「……気の利いた者がいたのでしょう。白翼仙ではないかと囁かれていた老人が街にいたとか」

北端の街にはその噂があった。かつて師匠と懇意にしていた白翼仙だという。歳をとって人恋しくなり目立たない街に住み着いたらしい。だから、嘘ではない。殿下のことを言わなかっただけだ。

（言えば殿下を殺すことに躍起になるかもしれない）

捕まえて器にするより、殺すほうが遥かに楽だ。今の海鳴なら、そちらを選択しかねない。

「念のため、王都北部に柵を築いたほうがよろしいかと。数日でも遅れさせれば、いくばくか春の声も聞こえてきましょう」

「わかった。そうするよう軍部に伝えておけ」

王は頭を抱えた。

「頭が重くてならぬ。蒼波は頭痛でも持っていたのか」

それこそが蒼波王の生きようとする力だろう。始祖王は認めないだろうが。

「器の体質が合わないということもあるのですか」

「今までそんなことはなかった。だが、もしものときは器の変更も必要かもしれんな。劉数でも使えるだろう」

洸郡の太府が気の毒になってきた。王后を懐妊させる大役も回ってきたというのに。

「今夜、劉数の部屋に王后を行かせる。まずはそっちの仕事が先だ」

夢の中を彷徨い続けている王后は王の胸に抱かれていると思い込むのだろうか。

「王后陛下は近頃お加減が思わしくないようです。閨はあとでも――」

「ならぬ」

言い終わらないうちに否定してきた。さすがの始祖王も余裕がなくなっているらしい。

「承知いたしました。どうか、お休みください。それでは失礼いたします」

王の部屋をあとにした。

王宮は氷で造られたかのように冷え込んでいる。

冬はいよいよ深く、春が氷骨を溶かす日は遠いように思われる。殿下は見捨てられた北の地を救ったかもしれないが、その分王都は危機に晒される。すべてを助けることはできない。

ここの玄武玉は始祖王の中にまだあるのだろうか。氷骨から街を護るためにそれを使えないものか。いや、氷骨も屍蛾と同じで害意があるわけではない。とすれば、効果はあまり期待できないだろう。

そんなことを考えながら歩いていると、どこからか女の歌声が聞こえてきた。

『春を連れて帰ってくるあなた。愛しい人……』

せつない曲調と繊細な歌声は美しかった。

これは冬の間、出稼ぎなどに出た夫や恋人を待つ歌だ。主に庶民の間で唄われるが、ここは王宮。誰が唄っているのか。

「陛下、お部屋にお戻りください」

諫める女の声がした。それでも歌は止まらない。

(陛下……ということは王后か)

無意識にこんな歌を唄っているとは。

「陛下、どうかお部屋に。わたくしが罰せられてしまいます」

前の侍女は殺されているのだ。王后の侍女も命がけだろう。

角を曲がると、唄いながらふらふらと行く王后と半泣きの侍女がいた。裏雲に気付くと侍女はびくりと体を震わせた。裏雲は宰相の側近という位置づけなので、怯(おび)えるのも無理はない。

「見事な歌声ですね」

裏雲はこれ以上ないほど優しく声をかけた。

「申し訳ございません。すぐに戻りますから」

頭を下げる侍女を後目(しりめ)に、裏雲は王后の手を取った。

「王后陛下、お風邪を召します。その歌、陛下に届きますよう……お部屋にてお待ちしましょう」

「陛下……?」

「はい。いつの日か、臣下や民にも聴かせてあげてください。王后陛下の歌声に春も誘われることでしょう」

王后は裏雲に促されるまま、歩いてきた廊下を戻った。

「あ……ありがとうございます」

侍女は安堵(あんど)したように、王后とともに部屋に戻っていった。

王后とはこの城に忍びこんだとき、偶然会って話をした。向こうはこちらを新人の官吏だと思ったようだが、それも覚えてはいないようだ。

あの手折られる百合のような女性を今宵辱めようというのだ。悪事は嫌いではないが、さすがにこのやり方は好みではない。

転生外法を使えるということは、肉体を失ってもこの地上に留まることができるということだ。

そして始祖王丁海鳴の子孫は多い。直系は風前の灯火かもしれないが、傍系なら飛牙も亘筧も該当する。駕国内なら数百人いてもおかしくない。

その気になれば器には困らないということ。

すでに死んでいるので殺しても無意味。非常に厄介な怪物なのだ。

（つまり、丁海鳴自身が死を受け入れない限り、この国は遥か昔に死んだ始祖王に支配され続ける）

あの男が地上から手を引くとは考えにくい。

天が介入しないというなら、この泥仕合は続くのだ。

（殿下がどんなに張り切って介入したとしても、殿下には寿命がある。だが、丁海鳴にはそれもない）

つまり、いずれは丁海鳴が地上を統一するだろう。

そのわりに海鳴に焦りが見えるのが不思議ではある。

思案のうちに窓の外はすっかり暗くなっていた。暖炉の炎が朱色に揺れている。室内に明かりをつけ、裏雲は窓の外を眺めた。

北端の街を救った英雄は、もうこの王都に戻っている。なにしろ、天令(てんれい)がついているのだ。

「殿下は……どうでるか」

私が宰相の下(もと)にきたことは当然わかっているはずだ。おそらくは落胆しただろう。もはや助ける価値もないと思ったのではないか。

それでいい。

今夜、王后が劉数の部屋に行く。さて、こちらをどうするかだ。転生外法を伝授されるまでは丁海鳴の忠実な部下でいなければならない。

（王后には気の毒だが……）

切り捨てようと思った。優先順位を決め、効率良く動かなければ守るものも守れない。

とはいえ、うつろな瞳(ひとみ)で歌っていた王后を思い出すと、今宵は眠れそうになかった。

2

寒さに歯の根が合わないが、飛牙は食いしばろうとした。うっかりすると眠ってしまいそうだ。そのたびに那兪から髪を引っ張られる。

「寝るな。辛抱せんか」

何度目かの那兪の叱責が飛んだ。

「この寒さで眠ったら人は死ぬのであろう。我慢しろ。これしき北端の街に比べれば温いほうだ」

ここは王都相儀。しかも屋内だ。暖房はないとはいえ氷骨と遭遇したあとなら楽なもんだろうとは思った。が、さすがにこの状態で早朝から夜まで動かずにいれば、体も悲鳴をあげる。

「そりゃ、あれよりはかなりマシだけど……なら、ずっと喋ってようぜ」

「難しいことを申すな。天令は寡黙にできている」

「じゃあ、俺が勝手に喋る」

それしかなさそうだ。

「勝手にしろ」

「昔さ、裏雲と城を抜け出したことがあるんだ。話したことあったっけ？　荷物の箱に潜り込んで。九つくらいのときだったかな」

　思い出すと少し体が温まってきた。

「城下に出たかったんだよ。そりゃ出たことはあったけど、周りを警備に囲まれてるせいで、全然面白くなかったからさ。行く道も決められているし」

「仕方なかろう。そなたは一人息子だった」

「ぴかぴかの王太子だって息は詰まるんだよ」

　街はどうなっているのか。

　徐国の民は飢えていないか。

「大冒険って感じで面白かったけど、せつなくもあった。だって、どぶ板の通りとかひどい有り様でさ。子供たちは痩せてるし、大人でもろくに字が読めないんだ」

　少しばかり落ち込んで城に帰ったものだ。

「そなたは知ればなんとかしなければと行動に移す子供だったのではないか。周りの者は知られたくなかったのだろう」

「だろうな。でも、なんでも知りたい年頃だった。その夜は叱られた裏雲と一緒に獄塔に一泊。怖かったな。だから手を繋いで寝た」

　小窓から見える月が美しかった。

「あ、飢えってどんなだろうって思って丸一日何も食べなかったことがあったな。母上が心配して医者を連れてきたもんだから、そこで終了。一日でもかなり辛(つら)かった。もっとも、逃げ始めてからはひもじいのはしょっちゅうだったけど」

王子様の温い体験学習など現実の前にあってはお笑い種(ぐさ)だ。それでも子供なりに一所懸命だった。

「いつも裏雲が付き合ってくれたんだよ。最初は必ず止められるけど、俺も頑固だったから、結局仕方なく一緒に同じことをしてさ」

王子様以上に叱られただろう。それでも裏雲は必ずそばにいてくれた。

『殿下は最高の王になられるお方。どんなに馬鹿馬鹿(ばかばか)しく思えても、無茶なことでも、すべては未来に繋がるだろう。無駄なことはない』

……そう言ってくれた。

「取り戻すんだよ。丁海鳴なんかにくれてやるもんか」

「だが奴(やつ)の気持ちはどうなのだ。説得できるのか」

裏雲が心から丁海鳴に心酔しているとは思えない。この国の矛盾を見れば、海鳴を信じきるなど無理だ。

だから裏雲にはきっと策がある。

何かを考えてのことだ。その考えは必ずしもこちらとは合致しないのかもしれないが、目指す方向は同じはず。

　互いの未来だ。

「俺は裏雲の英雄になりたいんだよ」

　そしてあいつも。

「では美しい友情を取り戻しにいくか。夜も更けてきた。そろそろ、よかろう」

　那兪が立ち上がった。

　ここは王宮。日の出とともに潜り込んでいたのだ。奥にある戸棚に潜んでいたが、さすがに辛かった。

「長かったな」

　戸棚から這い出て、ふうと息をつく。

「仕方なかろう。日の出の一瞬に紛れるのがもっとも目立たない」

　光は光で隠せということだ。連れてきてもらったのはありがたいが、天令様の高速飛行は絶対に人間の体には悪い。

「じゃ、裏雲を探すか。どこにいるんだろうな」

「おそらく宰相の近くにいるだろう。ただ、宰相はずっと病に伏せっているようだが」

　事前に調べた情報だとそういうことらしい。宰相の代わりに楊近と新顔の色男が動いているとか。

「王様の病気が治ったって話はどうなんだ」

「ときどき公務に出ているらしい。だが、あれは呪術だ。治る病気ではない」

「じゃ、海鳴が王様にかけていた術を解いたということか」

「わからん。推測しようにも城の中でもあまり話題に上らないのだ。皆、怖くて口には出せないようだな」

そう思うと、徐国の王宮などおおらかなものだったのかもしれない。父は庭いじりが好きで、ときどき官吏に庭師と間違えられていた。横柄に呼びかけられても気にもしなかったし、真っ青になって謝る官吏に気にするなと言って笑っていたものだ。

今でも、あんなひどい死に方をしなければならないほど、悪い王だったとは思えない。

あのとき、何故あそこまで急激に反乱軍が膨れあがったのか。充分すぎるほどの武器を持っていた。趙将軍が何度も、おかしい、ありえない、と言っていたのを思い出す。

甜湘もこんなことを言っていた。

『砂漠化を食い止めるべく、植樹をするなど対策は打っていたのだが、うまくいかない。植えた木々はことごとく枯れてしまう』と。

そして、越国の王宮を襲った翼竜の群れ。

もし、これらすべてが偶然ではないとすれば——

（丁海鳴か……！）

少なくとも翼竜をあそこまで操れる術師はそうはいないはずだ。屍蛾の大襲来の直後に翼竜の襲撃。越国は大打撃を被っただろう。

燕国で植樹を失敗させるのもそう難しくない。毒でも呪術でも使えば植えたばかりの苗木などひとたまりもない。

そして徐国。

もし、優れた術師が幻影となって山賊の親玉をそそのかしたらどうなるだろうか。徐国を倒すのがそなたの天命だと告げれば。そのうえで、武器や資金の援助があったなら。易姓革命だと信じ込ませることなど容易い。

「あの男だ」

飛牙はかっと目を見開いた。

「何を言っておる？」

「徐を滅ぼしたのも、燕が砂漠になるのを止められないのも、越の王宮に翼竜が飛んできたのも、全部あいつの策略だったんだよ」

那兪が首を振った。

「考えすぎではないのか」

「それなら訊いてみようじゃねえか、奴にな」

直感に近いが、飛牙には確信があった。

夜の王宮を走り抜ける。

抜かりなく音の出ない靴を履いてきていた。寒さ対策として密閉度の高いこの王宮では足音は響きやすい。

——今夜中に全部片づけようなんて思ってはいないだろうな。

頭に載った蝶(ちょう)が話しかけてくる。

——よいか、丁海鳴の器をいくら殺したところで奴は本当の意味では死なないのだぞ。

「わかってるさ、だから頼んだろ」

小声で返す。

——それに関してはまず思思(しし)を納得させねばならぬ。ここは思思の担当する国だ。

天の手順は面倒くさい。

「で、天に戻って訊いてくれたんだろ、あの仏頂面の天令はなんて言ってた？」

——考えておく、と。

どこの天令も決断に時間がかかる。もったいぶっているわけでもないだろうが、不干渉の掟(おきて)からくる重圧なのかもしれない。

「返事はいつになるんだよ」

れない。

——こっそり戻って、こっそり会うのも大変だったのだ。私が思思でもすぐには決められない。

北端の街から戻って、那兪にやってもらっていたことはそれだった。

「やっぱりまずは裏雲だな」

宰相の棟は警備が厳しく、結局王宮の備品倉庫に降り立ち、そこに閉じ籠もって時間がたつのを待っていた。

——宰相の棟は以前にも増して警戒が厳重だ。見張りの兵はもちろん、使役されている暗魅も配置されていた。あそこに裏雲がいるなら、難しいのではないか。

宰相は病気だという話だから、弱っている分暗殺などを警戒しているのかもしれない。

「蝶なら入れるよな。裏雲を呼び出せないか」

——また無茶を言う。私は奴に二度も捕まえられたことがあるのだぞ。ましてや、今は海鳴の手下であろう。

「じゃあ、待ち合わせの時と場所を書いた手紙をそっと置いてくるってのは」

——そこに兵が押し寄せてくるのがオチだ。

記憶を取り戻したことで、かえって裏雲への不信感が増したようだ。

「そんなこと言わず——」

——しっ。誰か来る。

那兪に止められ、急いで物陰に隠れた。確かに複数の足音が近づいてくる。

(女だな)

こんな時間にどんな用があるのか。飛牙は様子を窺った。

「こ……こちらでございます」

女の声は怯えていた。もう一人いるのだろうが、返事はない。

音をたてないよう、女のあとを尾けた。ちらりと見えたもう一人の女は王后だ。焦点の合わない眼差しで侍女とともに歩いていく。

(こんな遅くに王后をどこに連れていこうってのか)

当然、嫌な予感しかしなかった。

「お連れいたしました」

侍女がどこかの部屋の扉を叩く。

「遅いではないか」

扉が開けられ、楊近の声がした。

「……申し訳ございません」

詫びる侍女の声は震えていた。

「下がれ。早朝迎えに来るよう」

はい、と返事をして侍女は立ち去った。これから王后に起きることを、知っているのだろう。

「どうぞ、陛下がお待ちです」

楊近は王后を招き入れた。重い音をたてて扉が閉まる。

「ここは王の間じゃない」

——ここらへんは客人用の部屋だな。

話しているうちにまた扉が開く。楊近が出てきた。

「では、あとはよしなに。閣下を失望させぬよう、首尾良く」

「しかし、陛下がお元気になられたのに、私がこのようなことをする必要があるのか」

「閣下の仰せのとおりに。私が出たら鍵をかけるといい」

中の男にぴしゃりと言うと、楊近もその場を立ち去る。中から鍵のかかる音がした。

種馬の男も命じられ仕方なくといったところか。この国の人間からすれば、王后を懐妊させるなどこれ以上の背信行為はない。

「扉の隙間から中に入って、鍵を開けてくれ」

——裏雲を探すのではなかったか。

「見ちまった以上は捨て置けない」

仕方なく、那兪は扉の下の隙間から室内に潜り込んでいった。

まもなく、少年の姿に戻った那兪が内側から扉を開けてくれた。急いで室内に踏み込むと、驚いた様子の男がいた。王后は寝台で横たわっている。

「おまえたちは」

「うるせえっ、てめえ王后に何するつもりだった。術かけられてこんなになってる女に、恥ずかしくねえのか」

　飛牙は男の胸ぐらを摑んだ。

「私だってこんなことは……」

「宰相に命令されたのか」

　男は締め上げられたままこくこくと肯く。

「懐妊させられなければ、太府の任を解かれる。それどころか、家族ともども殺されるかもしれない」

「太府？」

「私は洸郡の太府で劉数という。王族と多少の血縁があるのだ」

　飛牙も丁海鳴の血を引いているということで、種馬を仰せつかった。この男もそういうことらしい。

「じゃ、やることはやったって報告しとけ」

「しかし……！」

　那兪が劉数の額に指を押しつけた。指先から光が漏れ、劉数はくたくたと床に倒れた。

「これで朝まで寝ているだろう。それより——そこだ」

壁に張り付いていた蜘蛛を指さし、捕まえようとしたが、間一髪逃げられてしまった。蜘蛛は部屋から出ようと扉へ向かう。

使役されている暗魅だ。あれを逃がせば忍びこんだことまで宰相に知られてしまう。逃がすわけにはいかなかった。しかし、蜘蛛の素早さに勝てるわけもなく、扉の向こうに逃げられてしまった。

そのとき扉が開いた。

そこには若い男と猫がいた。

「裏雲……」

「静かに」

裏雲と猫は部屋に入ってきて、鍵を締めた。猫の口には蜘蛛が咥えられていた。

「宇春、捕まえてくれたか」

飛牙は安堵してその場に座りこんだ。

「迂闊だな。ただ助ければいいというものではない」

裏雲は暖炉の上の花瓶をとると、もがく蜘蛛の上にさかさまにしてかぶせた。

「こっちはおまえを連れ戻しに来たんだぞ」

「それだ、それ。私を助けると言いながら、その途中でいろいろと抱え込み、結婚はするわ、子供は作るわ、義兄弟は作るわ。今度は王后の貞操を守る色男か」

　呆れたとばかりに裏雲はまくしたてた。

「そういうおまえはなんでここにいるんだよ」

「……たまたま歩いていたら殿下たちを見つけてついてきただけだ」

　ふうん、と飛牙は笑って顔を近づけた。

「なんだかんだ言って、王后が心配だったんじゃないのか」

「そんなことよりどうする気だ。この状況を」

　なんの解決にもなっていないと言いたいらしい。

「丁海鳴は蒼波王の体に移っている。これからは宰相ではなく、王として辣腕を振るうつもりのようだ。もっとも体に馴染まないのかあまり具合はよくなさそうだが」

「王様になってるのか。まあ、なんでもいい。おまえは戻ってこい」

「戻って、私が焼きつくされるのを見送ってくれるのか」

　それなんだが、と飛牙は王后が眠る寝台に腰をおろした。

「どうも俺は天の構成員の候補らしいんだよな。たぶん、死ぬまで試験なんだろうと思う。で、だ。俺も天に条件を出した」

　那兪から聞いた話なども合わせ、すっかり裏雲に話してやった。

「つまり殿下が天に認められれば、私やそこの天令小僧を取引材料にできるということか。それは天がそう言ったのか」

「いや……まだ返事は」

「そんなことだろうと思った」

　心底呆れたというように裏雲は吐息を漏らす。

「よいか、偉そうな天にしてみれば、人間ごときに身に余る栄誉を与えてやるという考えだろう。何故、殿下から条件などつけられるのかわからないのではないか」

　そのとおりだと那兪も肯いていた。

「だって俺望んでねえし。そんな死んだあとまで面倒くさいこと」

「それなら、この話はなかったことに、という流れになるのではないか」

「だから、俺は俺の価値を吊(つ)り上(あ)げようと思ってる。駕国の問題を解決すれば、かなりの高得点だろ」

　裏雲はあっけにとられたようだ。まさかここまで大風呂敷(おおぶろしき)を広げるとは思わなかったのだろう。

「殿下……丁海鳴を消し去ることはできない。あの男は殿下を利用するつもりでいる。そして私は近いうちに死ぬ。そうなると私にはもう殿下を護ることができない」

「やっぱりな。俺を護るために海鳴から転生なんとかって術を手に入れて長生きしようと考えたんだろ。思ったとおりだ。ほら、言ったろ、那兪」

満面の笑みで那兪を振り返った。

「何を勝ち誇っている。呆れた馬鹿者どもだ。裏雲、だいたいそなたは海鳴から飛牙を器にしろと言われ、その気になったのではないのか」

「さすが、天令殿は鋭い。殿下と一つになれると思うと、心が揺れたのは事実だ。実際、本当にそうしたいと思った」

裏雲はあっさりと認めた。

「だが、気付いたのだ。器ほど憐れな存在はないと。体を奪われれば、そう遠からず意識も消え失せる。これでは本末転倒にもほどがある。我に返ったというわけだ」

「術を習得すれば、他の血縁者を探して器にすることもできると考えたか」

那兪に追及され、裏雲は肯いた。

「護るというからには相手より長く生きなければなるまい」

「また他人を犠牲にしてか」

「そういうことになる」

悪びれもせず言う裏雲に、那兪は肩をすくめた。

「互いを想う気持ちは気色悪いくらいだが、それはそなたたちだけなのか。人は皆そんなものなのか」

那兪に辛辣なことを訊かれ、裏雲は苦笑していた。

「いや待て。ってことは、逆にいえば王様の意識はまだ残ってるんだな。だったら、助けられるよな」

　嬉しそうに言う飛牙に二人の羽付きが同時に呆れた声を上げる。

「また、それか」

「全部俺の得点になる。それに王后に会わせてやりたいじゃねえか」

　そう言って、寝台で眠る王后の髪を撫でた。

「仮に王の中から追い出すことができたとしても、丁海鳴は人を替えて生きていく。奴にはいくらでも末裔がいる。殿下もその一人だ。私が裏切ったと知れば、奴は必ず殿下を狙う。私はそれが一番恐ろしい」

「ほらみろ、那兪。裏雲ってこういう奴だって言ったろ」

　事態の深刻さはさておき、飛牙はそこが嬉しくて仕方なかった。

「調子にのってないで考えろ。未来の天上人であろう」

「まず、那兪は思思が駄目なら一人で直接あの連中に当たってくれ。今夜中に連れてきてほしいんだが」

「だが、それは」

「来るか来ないか、決めるのは奴らだろ。地上への干渉じゃなくて、天の一部への提案だ。おまえは全然悪くない」

「屁理屈だけは一人前だな。だが……やってみよう」

那兪は部屋の窓を少し開けると、蝶になって出ていき、暗い夜空に消えた。

「何を企んでる？」

裏雲が怪訝な顔で睨み付けてきた。

「先輩にも参戦してもらおうかなってさ。あとは運に任せて一か八か」

「向こうは比類なき術師だ。殴り合いにもならない」

「体は王様だろ。傷つけないようにしておくわ。術は……まあ、あと何十年たったところで差が縮まるわけでもないし、王宮に入り込むだけでも大変だ。しかも始祖王様はちょっと具合が悪いんだろ。それなら今しかないって」

飛牙に説得され、不承不承裏雲は肯いた。

「ともに死ぬも良し、か」

「死なねえよ。俺、もっと空飛びたいからな」

婉曲に、一緒に生き残るんだよと言ったつもりだが、裏雲にまた睨まれた。

3

静まりかえった城を歩き、王の間の前まで来ると飛牙は一度大きく息を吸って吐いた。

「おそらく楊近もいる。奴は強い」

「そっちは受け持つ」

腰に剣を下げてきている。この国では曲刀を手に入れるのは難しかった。他にも飛び道具は仕込んである。宇春は王后の眠る部屋に見張りのために置いてきた。

「私もそっちのほうがいいのだが」

裏雲はぼやきながら、扉を叩く。

「裏雲です、よろしいでしょうか」

「どうなされた」

案の定、楊近の声が返ってきた。

「寿白(じゅはく)殿下のことで、急ぎお話があります」

少しの間があった。楊近が王に話しているのだろう。ここで断られると面倒なことになる。なるべく王の間ですべてを終わらせたいからだ。

内側から扉が開けられた。

「……どうぞ。やはり、お一人ではなかったようですね」

承知していたとばかりに、楊近はほくそ笑んだ。

「いえいえ、直接本人をお連れしたほうが話が早いかと思いまして」

裏雲は開き直って、飛牙を中に招き入れた。

「腹を割って話そうじゃないか、始祖王、丁海鳴さんよ」

王は長椅子に寝そべり、面倒くさそうに闖入者を眺めていた。

「利用価値はあっても生かす価値はなさそうだな」

術を行使しようとしたのか指を差し出したが、飛牙の前に裏雲が立ちはだかった。

「殿下は話したいと言っています。子孫と語り合ってはいかがですか」

「何故、裏切った？」

王に問われ、裏雲は見せつけるように突然飛牙を抱き寄せた。

「このほうがいい。自分で自分を抱きしめてもあまり楽しくはないでしょう」

ふざけて言ってのけてから、核心に入る。

「そもそも始祖王陛下とは、お互い信頼関係で結ばれておりません」

裏雲に言われると王は少しだけ悲しそうな顔をしてみせた。

「ひどいことを言うものだ」

「私はあなたに自分を重ねた。だが、私は私が嫌いで、もっとも信用していない。つまりあなたもそうでしょう」

飛牙は裏雲を押しのけて前に出た。

「誰も信じてないから、どんな形でも生きるしかなかったんだろ。信じてやればよかったじゃねえか、自分の子や孫や子孫をよ」

「蔡仲均は失望したことだろう。国を滅ぼす不甲斐ない王にな」

挑発されても飛牙は冷静だった。

「かもな。でも、裏で糸を引いて山賊を操り徐国を滅ぼした、そんなかつての同志にもかなりがっかりしたと思うぜ」

「……気付いたか」

「あったりめえだ」

この男は自分にとっても裏雲にとっても親の仇だった。

「私は志のある者に力を貸しただけだ。徐が倒れるには数年かかるかと思っていたが、あっという間だったな。情けないことよ」

「だが、取り返した。てめえなんかの思いどおりになるかよ」

落ち着けと自分に言い聞かせる。ここで時間を稼ぎ、丁海鳴に話をさせる必要がある。なぜなら、〈連中〉もここでの会話を聞いているのではないかと思うからだ。

「たいしたものだ。そこは評価してやる」

「悔しいって言っていいんだぞ。感情出しな」

王は鼻で笑った。

「それどころか、燕や越にもちょっかい出しただろ。天下四国を奪うために、ずいぶん前から仕込んでいたんだよな」

「燕にはたいしたことはしておらぬ。摂政も、砂漠化に関してはろくな対策をしておらなかっただろう。無能なだけ。あそこは放っておいても内側から腐っていく国だった。越にしたのは翼竜をけしかけた程度だな」

「燕は甜湘が変える。俺の女房だ、すげえ女だからな。越はてめえなんかにやられる国じゃねえよ」

「あちらこちらで国を護って、ここでもできると思ったか。思い上がるな小僧」

王は体を起こした。病んだ眼差しには暗いすごみがあった。

「そこまで自己評価高くねえよ。俺は這いずり回って逃げ続けた王だからな。でも、周りの奴らには恵まれてんだ」

そこだけは自慢できる。

「あんただってそうだろ。他の始祖王とともに戦ったんだろ。人に恵まれ、いい縁があったから始祖王にまで選ばれたんじゃないのか。人望のない奴を天が始祖王に選ぶわけがない。一人じゃなかったよな。思い出せ」

ただ一途にこの地の安寧を願い、走り抜けた日々を思い出してほしかった。

「……気に入らぬ」

海鳴が片手を上げた途端、飛牙がはじき飛ばされた。したたか壁に体を打ちつけ、床に落ちる。

「殿下に手を出すな」

術を仕掛けようとした裏雲の前に楊近が立ち塞がる。

「陛下に手を出されては困る」

剣を裏雲に突きつけ、襲いかかってきた。

「引っ込んでろっ」

飛牙は脛に隠し持っていた指ほどの大きさの小刀を投げた。楊近の膝の辺りに刺さり、悲鳴が上がる。

「おのれ、陛下には……指一本……」

片足から血を流し、なおも王を守ろうとする楊近だったが、背後で海鳴が立ち上がったのに気付き、足を引きずり脇に寄る。

「そろって死ぬがいい。塵も残さず」

王の黒髪が逆立ち、全身から漲る闘気で周辺の空気が揺らいで見える。

「殿下は私がこの世に存在した証。消させはしない」

裏雲の背中に黒い翼が音をたてて広がった。その翼で、倒れていた飛牙を包み込む。

王から放たれた炎が渦を巻いて二人に襲いかかった。黒い翼から焦げ臭い臭いがしたが、燃えることなく持ちこたえていた。

「裏雲っ」

「なんともない……こんな炎は来るべき天の業火に比べれば」

効かないと気付き、海鳴は術を止めた。

「なるほど、黒翼仙は燃え尽きることが約束されている。火の術は向かぬか」

室内も燃えていたが、王はそれを手で軽く払うだけで消し止めた。

「死ぬなよ……頼むから」

倒れ込む裏雲を、今度は飛牙が抱きしめる。着物が焼けて上半身が剝き出しになっていた。頭の中で懸命に那兪を呼ぶ。もはやそれしかできることはない。

「干渉しない天が正しいのかな……あんたを見てるとそんな気もしてくる」

今ならそう思う。

「貴様らなどに三百年この国を護り続けた私の何がわかる。この呪われた極寒の大地をあてがわれ、死ぬこともできなかった私の――」

海鳴が再び片手を上げたとき、室内に唐突に光が降りてきた。

(那兪か)

目映い光にその場にいた全員が目をつぶった。

(いや、なんか、いつもよりもっと白い?)

ようやく光がおさまってきて、恐る恐る顔から両手を外し、ゆっくりと目蓋を上げていく。光はすっかり消えていたが、まだ視力が戻らない。

（人が……増えている）

部屋の中に、三人の男女がいた。ぼんやりとしていて少し透けて見える。

「そなたら……！」

海鳴が声を上げた。

『遅いから迎えに来たわ』

柔らかな女の声だった。耳からというより頭にすっと入ってくる。

『もう、よかろう。塩梅(あんばい)が悪いのは器との相性の問題ではない。そなたの魂がすり減っているのだ』

落ち着いた低い声は威厳があった。

『なんだよ、一番冷静なフリしてたくせに、子離れ、子孫離れもできねえのかよ。ほら、行くぞ、海鳴』

あっけらかんとした若い男の声だった。

目がだんだんに慣れてきて、見えてくると彼らの顔まではっきりとわかってきた。飛牙は軽いほうの男に妙な親近感を覚える。

「なぜそなたたちが」

困惑する海鳴を三人が囲む。

『我らはすでに天の一部。天令と同じく干渉を禁じられている』

『本当なら先に死んだおまえが天の一部になって俺たちを迎えるはずだったんだろ。なのにいないなって思ってたらこの有り様』

『天令二人に説得されたわ。これ以上見て見ぬふりもできないでしょう』

飛牙は心底安堵していた。

落ちこぼれの元王様を誘うくらいだから、始祖王三人は確実に天の構成員になっていると考えたのだ。そこで那兪と、あわよくば思思にも、この三人と話をつけてくれと頼んでいた。

始祖王たちなら丁海鳴を天に連れていけるのではないか、そう考えた。ただし、彼らがどう出るかなどまったく推測できない。那兪たちは本当によくやってくれた。

「私がいなければこの国はっ」

『いなくてもなんとかなるさ。駄目なら駄目でいいじゃねえか。それが地上の栄枯盛衰ってもんだろ。開き直らなきゃ王様なんかやってられないって』

これが徐国の始祖王、蔡仲均だろう。よくわかる。他人の気がしない。

『あなたが言うとおり私の国もひどいもの。でも、未来はちゃんとあったでしょ。子孫から奪ってはいけない』

燕国始祖王灰歌(はいか)は伝説に違(たが)わぬ美女だった。

『行こう。もっと早く迎えに来るべきだった』

武人らしき髭(ひげ)の男は越の始祖王曹永道(そうえいどう)。この中の最年長らしく、海鳴に向かって大きな手を差し伸べた。

「そうだ……今頃」

海鳴の声と表情に変化が見られた。

『天なんて退屈だから、おまえがいないとつまらねえ。とっとと行くぞ』

蔡仲均が海鳴の肩に手を回し、その体を引き寄せた。

「私は天には行けない。その資格がない」

その姿は三百年独裁を続けた傲慢(ごうまん)な術師ではなく、頑(かたく)なで不安な青年でしかなかった。

『ガタガタ言うなら、私たちも天から出ていくわよ』

『皆で堕天も楽しかろう』

『そういうこと。ま、文句言わせる気はないけどな』

英雄として名を馳(は)せた始祖王たちだけあって、この事態をむしろ楽しんでいるかのようだった。

「私が犯した罪がどれほどのものか……」

罪は充分承知のうえで、海鳴はこの国に残ったのだ。

「罪だの罰だのは天で決めてくれ。今更恨(うら)み辛(つら)みは言わねえよ」

飛牙が口を出した。

それで良いと思った。決断するのが王の仕事だが、いつも正解を選び出せるわけではない。彼は彼で最善をつくしたのだろう。海鳴がいなければ乗り切れなかった大きな災厄もあったはずだ。

『可愛い子孫がこう言ってんだから、それでいいだろ』

仲均に言われ、海鳴もようやく肯いた。

「あのさ。来てくれて助かった。その前に蒼波王と王后を元に戻してくれ。そして……見守ってやってくれ」

大団円で光になって戻ってしまう前に、これだけは言っておかなければならなかった。

『仲均の〈子〉よ、案ずるな。海鳴を連れていけば、術は消える。よくぞ我らを引きずり出してくれたな。礼を言う』

海鳴の背中に手を回し、曹永道が振り返った。

『あいつを守ってくれてありがとな』

仲均は倒れていた裏雲の羽を撫でた。焦げた羽がみるみる治っていく。裏雲は弱々しく、祖国の始祖王を見つめていた。

『徐国と縁が結ばれて嬉しいわ。あなたにだけ教えておくわね』

透き通った美女が近づいてきて、飛牙の耳元に囁いた。その内容に飛牙は目を丸くした。

（ほんとかよ）

飛牙は思わず仲均に目をやった。

『では、参ろう』

永道のその言葉と同時に室内が光に満たされ、真っ白になった。天の者が四人になって帰っていくのだ。

4

光がおさまり、目も慣れてきた。

「終わったのか……」

見れば、床に蒼波王が倒れていた。飛牙は急いで駆け寄った。

「王様、大丈夫か。戻ってるよな？」

蒼波王はゆっくり目を開く。王の傍らには黒い玉が落ちていた。おそらく駕国の玄武玉だろう。

「私は……？」

「名前を言えるか」

「私は蒼波……駕国の王だ。だが……」

元の人格に戻ったのは確かなようだ。まだ何がどうなったのか理解できていないだけだろう。十年もの間、術で自我を失い、最近は体を乗っ取られていたのだから無理もない。

「ほら、護国玉だ。大事にしろよ。あ、割っても使えるぞ」

海鳴が三百年持っていたのだろう。それを返したのだ。

「あとでゆっくり説明してやれ。王后のほうも治っているだろう」

背後で那兪の声がしたので、驚いて振り返った。

「那兪っ、おまえ最高」

すぐさま銀髪の少年を抱きしめる。嫌がられても放す気はなかった。

「やめんか、気持ち悪い」

「おまえのおかげだって。始祖王たちを連れてきてくれたんだな」

「思思がいてくれたからだ。礼ならそちらにするがいい」

見れば部屋の隅の椅子に足を組んで座っている銀髪の小娘がいた。

「よお、ありがとな——うぐっ」

抱きしめようとして、固く拒まれた。

「借りを返しただけだ。人ごときが触れるでない」

相変わらずの性格だった。

「天令や先祖まで利用するとはな、罰当たりが」

「いいもん、悪いもん、なんだって利用するさ。全部俺の財産だ」

少女の冷たい視線が心地よかった。

「まずはそなたのために命を捧げようとした憐れな黒翼仙に声をかけてやらぬか」

天令娘にそう言われ、飛牙は大きく肯いた。

「わかってるって」

座りこんでいた裏雲の手を取る。

「痛むか」

「なんともない……火傷は殿下の始祖王が治してくれた」

鼻の奥が熱くなって、涙が込み上げてくる。今こうして二人生き残ったことで、離れたくない気持ちは募るばかりだった。

「今までとなんか違わないか、こう生まれ変わったみたいな感じとか」

「そんなものはない。黒い翼はそのままだ。付け根は熱を持って凝っているし、許された気はまったくしない」

それを聞いて、飛牙は唇をとがらせた。

「那兪、天を出せっ」

「どこまでも傲慢だな。そなたに呼び出す力などない」

「俺、頑張ったじゃねえか。俺の得点だよな。少しくらいこっちの条件呑んでくれたっていいだろ」

那兪はふんと鼻を鳴らす。

「頑張ったのは始祖王たちだ。そなたは言ってみれば、我らを通して神頼みしただけであろうが」

「いやいやいや、始祖王だって俺の熱意に打たれたわけで」

必死で食い下がった。裏雲の命はもう長くない。これ以上得点を重ねる機会がそうそうあるとは思えなかった。

「徐の小童。我らに向かって騒いでもどうにもならぬぞ。こちらもそなたのせいで懲罰が待っておるのじゃ。おそらく始祖王たちもな。これから天はしばらく混沌となり、地上にかかずらうこともできまい」

思思は立ち上がると銀色に輝く髪を邪魔だとばかりに手で払った。

「そういうことだ。戻らねばならない。飛牙、待つがいい。そなたも言っただろう。これは一生ものの試験だと」

「……わかった」

ここで那兪を困らせてもどうにもならない。裏雲が尽きるまでまだ少し時間はある。

「しばし、さらばだ」

那兪と思思が同時に光になって消えていく。それを見送り、飛牙は再び蒼波王の下に行った。事態が飲み込めず、王は未だ呆然としている。

「王様は休んでいてくれ。話は明日でいいだろ。今、王后を呼んでくる。それから春までここで泊めてもらうわ。氷骨も近づいているからもたもたできねえぞ」

「氷骨が？」

蒼波王は目を見開いた。

「そっ。対策たてなきゃいけねえし、やることいっぱいだ。今夜はゆっくり休みな。嫁さんとな」

事情がよくわからないまま、王は黙って肯いた。

「楊近、あんたどうする？　始祖王はいないし、ここにも居づらいんじゃねえか」

怪我した足に巻けと手拭いを渡してやった。

「私は……罪人ではないのか」

すべてを懸けて仕えた相手はもういない。楊近に争う気はすでになかった。

「あんたは〈王様〉の言うことを聞いてただけだろ。それが悪いっていうなら〈王様〉がまず罰せられなきゃおかしい。だからいいんじゃないか、好きなとこで好きに生きれば」

楊近は立ち上がると足を引いて歩き、扉を開けた。

「治り次第出ていく……そうだな、西異境にでも行くか」

疲れた様子で王の間を出ていった。

「あなたは……徐国の寿白殿下か」

蒼波王に問われた。

「おうよ。でも義兄弟とかはナシな。また裏雲が機嫌悪くなったら困る」

にんまり笑うと裏雲がむっとしたように睨み付けてきた。

「ぬけぬけと」

「だってそのとおりだろ。じゃ、俺たちも空いてる部屋で一休みすっか」

飛牙が手を差し伸べると、裏雲はその手を掴み、だるそうに立ち上がる。

「だるいな。今夜は人並みに眠れそうだ」

裏雲は疲れた顔を上げた。

「どうせ春になったら妻子のところに行くのだろう」

そのことを思い出して、飛牙は破顔した。

「そうだった。俺の子、絶対可愛いぞ。甜湘も紹介したいし。一緒に来るよな」

裏雲は鼻で笑った。

「誰が行くか」

「なんでだよ、ひねくれてるな」

「黒翼仙とはそういうものだ」

そんなものだろうか。燕国で会った秀成(しゅうせい)からはあまり感じなかったが。なんにせよ個人差はあるものらしい。

「その根性曲がりは黒いバサバサしたやつのせいか。くっそ、必ずなんとかしないとな」

「殿下は人の心の機微には疎いところがある。察しが良すぎても困るが。まあよい、転生外法も習得できなかったことだし、生きるも死ぬもなるようになるだろう」

裏雲は達観したように部屋の外に出た。

「俺、全然諦めてねえから」

飛牙もあとに続く。心なし、刺すような城内の寒さも緩んだように感じた。傍らには裏雲がいる。

春はそんなに遠くない。

終章

月日は巡る。

あの日、師匠を手にかけてから十年目の日だった。

燃え上がるのだろうか、この忌(い)まわしい翼は。罪にまみれたこの身を灰一つ残さず焼きつくすのか。

裏雲(りうん)は木にもたれかかり、山頂から下界を眺めていた。

央湖(おうこ)のほとりだが、反対側には壮大な平野が広がる。再び冬を迎えていた。収穫を終え眠りにつく田畑は白く雪に覆われ、麓(ふもと)の村では竈(かまど)から煙が上がっていた。

この季節には珍しく晴れた空に、飛びたいと羽が疼(うず)くような気がした。そんな力はない。ここで生きたまま焼かれるのだ。

澄んだ空は高い。どこまで上れば天に着くやら。

一度高さの限界に挑戦したことがあったが、行けども行けども空だった。天令(てんれい)と選ばれた死者が構成する世界だけに黒翼仙(こくよくせん)など近づくこともできないのだろう。

その天に招かれる殿下が誇らしい。

「殿下……」

半年以上会っていないが、どうしていることやら。

一緒にと言われても裏雲は首を縦には振らなかった。駕国に遅い春が来て、翼で山を越えられるようになり、裏雲は一人旅立った。なんといっても殿下の娘だ。一度くらい見ておけばよかったかもしれない。

名実ともに駕国の玉座についた蒼波王はよくやっているらしい。氷骨は間一髪、王都の前で消えた。燕国へ攻め入る計画も白紙に戻した。積み重なった問題を一つ一つ解決していこうとしていた。あの美しい王后も夫を支えているのだろう。なんでも風の便りでは懐妊したとか。

越では王が崩御し、今は余暉が王位についていると聞く。あの小僧っこは寿白殿下と義兄弟であることを大いに自慢しているのだろう。

天下四国でその名を轟かす英雄寿白——

凍てつく国に春をもたらし、乾いた国に潤いを授け、争う国に調和を促す。そして愛しい故国を取り返す。

（結局、私が望んだ以上の男になっている）

何を思い残すことがあろうか。

罪を償うときが来た。

力を奪うために殺めた師匠は天の一員になっているのであろうか。そう思うと少しは救われる。だが、許されるとは思っていない。

私は焼き尽くされて、この世に生きた痕跡すら残らない。まるで初めから存在しなかったかのように。

「……それでいい」

師匠を手に掛けたのは夕暮れ時だったろうか。

もうじきだ。焼かれる。あの西の空に朱色が降りてくれれば、罪深き人生を終えることができる。

裏雲は目を閉じた。

せめて見苦しい死に方はするまい。泣き叫んでなどやるものか。恍惚として焼かれてみせる。

そんなとき、目蓋を通してなお、眩しさを感じた。光が凄まじい速さで近づいているのではないか。

「何が……？」

経験がないので何とも言いがたいが、もしかして焼かれる前に天令が報せにくるのだろうか。

せっかくの覚悟を邪魔されたようで不愉快だったが、仕方なく目を開けてみる。

「……那兪か」

徐国の天令だ。彼が来るのは当然なのかもしれない。

「こんなところにいたか」

那兪は少し怒っているように思えた。天令というのはだいたい不機嫌だ。

「探させたのなら申し訳ない」

「まったくだ」

ふんっと吐き捨て、那兪は愛らしい顔を近づけた。

「私は忙しいのだ。そなたの馬鹿殿下に裏雲を見つけてくれと泣きつかれ、どれほど迷惑だったか。引き取れ、あの馬鹿を」

那兪は振り返って指さした。

「殿下……？」

見ると、なにやら若い男が四つん這いになってげえげえと吐いていた。

「何度連れてきてやっても慣れないらしくあのザマだ。奴にはとぼとぼ歩くか、せいぜい翼の者に抱きかかえられるくらいがちょうどいい。そなたにくれてやるからありがたく受け取れ」

何を言われているのかよくわからなかった。

「私は……今日、焼かれるのでは」

「保留で現状維持ということだろう。飛牙がどう生きるか次第だ。失格と判断されれば、おそらくその場でそなたは焼かれる。あの馬鹿が最後まで英雄として天下四国を導いていけるように見張っていろ」

保留――ぐったりとしていた裏雲だったが、体に力が戻ってくるのを感じた。

「やっと会えたな……よかった、天がちょっとだけこっちの言い分認めてくれたんだよな。もったいぶってるから、ずっとどうすりゃいいのかって」

殿下が四つん這いのまま近づいてきた。

「始祖王たちや侖梓なる白翼仙に感謝することだな。彼らの口添えがなければ無理なことだった」

「師匠が……?」

自らを殺めた弟子を許したというのか。

「那兪、そういやおまえはどうなった。なんかひどい目に遭ってないよな」

「思思とともに地上の担当を一時解任された。しばらくは天で地味な仕事をこなすことになる。その程度で済んだのだから、私の処分もまた〈保留〉ということだろう。私を護るためにも粉骨砕身し、英雄として生きるがいい」

少し躊躇ってから、那俞は飛牙の首に両手を回した。

「達者でな。そなたとの時間は悪くなかった」

「最高だったって言えよ」

「……すぐ調子にのる」

しばしの抱擁のあと体を離し、那俞は空を見上げた。

「戻らねば。もう簡単に頼ってはならんぞ」

「たまになら、来てくれるか」

「ま……たまにならな」

少し笑って、那俞は光になった。空高く消えてゆく。友を最後まで見送り、飛牙はやっと安堵したように笑った。

(私の殿下が子供のように笑っている)

その顔を、こうしてまだ見ることができるのだ。

「俺、旅の準備してきたから一緒に行こうな」

確かに背中に荷物を背負っているようだ。

「何を言っている。妻子がいるではないか」

「夫は天下四国の英雄なのだから、独り占めにはできぬ。竹馬の友を助けずして、国や民など救えまい。どうかお励みくだされ——そう甜湘に言われて送り出された。な、俺の嫁さん、かっこいいだろ」

　確かに見事な女傑ぶりだ。

「あのな、あのとき駕国の城で灰歌女王から聞いたんだけど、彼女が未婚で産んで二代目女王になった娘ってうちの始祖王の子供なんだってさ。でも、四つの国をそれぞれが任されたから結婚するわけにもいかなくて、仲均にも言わず育てたみたいだ」

　裏雲は瞠目した。始祖王蔡仲均と殿下には共通点が多かったが、女の好みまでよく似ていたということだ。

「三百余年たって結ばれた気分だって、笑ってた」

　始祖王二人が想いを果たしたというのであれば、これはもう仕方がない。祝福してやるほかはないだろう。

「それで私は、英雄のお目付け役となったわけか」

　天令にも夫人にも任せられたとあっては致し方ない。

「そういうことだ。よろしくな。で、宇春と虞淵は？」

「焼かれるところを見せたくなくて別れた」

　二匹の暗魅はずいぶんと抵抗したが、最後には納得してくれた。

「だったら、そのうち合流しないとな」

　向き合うと自然に笑いが込み上げてきた。

「天も地上も、そこら中を巻き込んで、黒翼仙なんかを助けるのか」

「んなもん当たり前だろ。で、どこ行く？　亘筧にも会いたい気がするな。うわっ寒いわ、火を焚かないと。今夜はゆっくりと二人で星空でも眺めるか」

日は沈み、深い夜がそこまで来ている。朱色に染まった西の空に夜の帳が降りようとしていた。

今宵の星空は滲んで揺れて、特別に美しいに違いない。

あとがき

無事、天下四国を一周しました。

北の駕国、真冬の王宮で繰り広げられる政争と愛憎劇に、例によって自分から巻き込まれに行く飛牙。それぞれの思惑で駕国に入る裏雲と那兪。捕まることで敵の懐に入る彼らは最大の敵と戦います。国を治めることの過酷さに時として迷い絶望もする、そんな等身大の英雄たちの物語もこれにて最終巻となります。

講談社X文庫編集部様、担当のH様。キリよく書かせていただき、ありがとうございました。全巻最高のイラストで飾ってくださった六七質様、ありがとうございました。そしてここまでお付き合いくださいました読者の皆様、本当にありがとうございました。

中村　ふみ